HEYNE BÜCHER

D1996443

Das Buch

In seinem zweiten Roman erzählt Alan Lightman die Geschichte eines Physikers, der auch das Leben lange als wissenschaftlich zu bewältigendes Problem betrachtet, bis ihn eine einschneidende Erfahrung auf sich selbst zurückwirft: Es ist die Begegnung mit Arnold Scalapino, einem Physiker von geradezu mythischem Ruf, der außer wenigen, eher fragmentarischen Konferenzpapieren kaum etwas publiziert hat; dieses Wenige aber läßt die Fachwelt in den Unterlagen Scalapinos wahre Schätze vermuten. Nur daß man ihn nie dazu bewegen konnte, seine Erkenntnisse auch zu veröffentlichen.

Da soll der junge Bennett, der einen Ruf an eine kleine Universität angenommen hat, nun Abhilfe schaffen. Tatsächlich gelingt es ihm, Zugang zum Haus des berühmten Mannes zu erlangen – mehr noch: Bennett erhält sogar Zugriff zu Scalapinos Aufzeichnungen und beginnt, einzelne Dinge zur Veröffentlichung vorzubereiten ...

Lightman entwickelt das einfühlsame Porträt eines wissenschaftlichen Geistes, der schließlich erfahren muß, daß sich Leben und Wirklichkeit nicht in Formeln pressen lassen, daß das Menschliche kaum mit wissenschaftlicher Logik zu erfassen ist.

Der Autor

Alan Lightman ist Professor für Astrophysik am Massachusetts Institute of Technology. Er hat Gedichte und zahlreiche wissenschaftliche Essays, die u. a. im *New Yorker* und der *New York Times* erschienen, publiziert. *Und immer wieder die Zeit* (01/9719) war sein erster Roman.

ALAN LIGHTMAN

DER GUTE BENITO

Roman

Aus dem Englischen
von Friedrich Griese

WILHELM HEYNE VERLAG
MÜNCHEN

HEYNE ALLGEMEINE REIHE
Nr. 01/10545

Titel der Originalausgabe
THE GOOD BENITO
erschienen 1994 bei Pantheon, New York

Umwelthinweis:
Dieses Buch wurde auf
chlor- und säurefreiem Papier gedruckt.

Wilhelm Heyne Verlag GmbH & Co. KG, München
Printed in Germany 1998
Umschlaggestaltung: Atelier Ingrid Schütz, München,
unter Verwendung des
Originalumschlags von Büro X
Satz: Utesch Satztechnik GmbH, Hamburg
Druck und Bindung: Ebner Ulm

ISBN 3-453-13129-0

Dieses Buch
ist meinen Eltern
gewidmet

Er erhebt sich von den Kisten und blickt aus dem Fenster. Nach Osten hin erhebt sich in einiger Entfernung zart und zerbrechlich der Turm einer Kapelle. Das Licht ändert sich. Eine Wolke schiebt sich vor die Sonne. Dann ist die Sonne wieder unverhüllt, ihre Strahlen durchfluten das kleine Zimmer.

Er läßt die Jalousie herunter, aber mit geöffneten Lamellen. Lichtstreifen gleiten von der Wand auf den Fußboden. Er wendet sich wieder seinen Kisten zu, packt aus. Ein Schlüsselbund. Ein verblaßtes Foto einer jungen Frau mit kastanienbraunem Haar. Zwei alte Briefe von John. Die zuletzt genannten Dinge legt er sorgfältig in eine Schublade. In den meisten Kisten sind Bücher. Er stapelt sie an der Wand übereinander, und die Muskeln in seinen Armen spannen sich. Als erneut eine Wolke vor der Sonne vorbeizieht, wird es dunkel im Zimmer, dann hellt es sich auf, wird wieder dunkel.

Er legt sich auf die gepolsterte Couch in der Ecke. Er

beginnt zu schreiben. Er schreibt auf einen Block weißen Papiers, krumme Zeilen, merkwürdige Zeichen, mathematische Symbole. Eine Zeitlang schließt er die Augen, beginnt wieder zu schreiben. Es klopft an der Tür, aber er hört nichts. Er stellt sich gewellte Flächen vor, immer stärker vergrößert. Er rechnet und stellt sich Dinge vor, während das Zimmer glüht und dunkel wird und die Sonne langsam über den Boden kriecht.

»Dr. Lang, lassen Sie mich nochmals betonen, wie froh wir sind, daß Sie jetzt zu unserem Lehrkörper gehören«, sagt der Dekan. Bennett lächelt. Der Dekan, ein Historiker, ist schmächtig, aber hochgewachsen, und aus seinem Hemdkragen ragt ein dünner, röhrenartiger Hals. Er hat eng beieinander liegende Augen. Er bewegt sich wie ein Tier, das an Dunkelheit und Feuchtigkeit gewöhnt ist.
»Ein ausgezeichnetes Fach, die Physik«, sagt der Dekan. »Ein ausgezeichnetes Fach. Und hier in Leominster haben wir ein ausgezeichnetes Physik-Department.« Bennett nickt und bleibt stehen. Der Dekan bietet dem neuen Lehrbeauftragten eine Lakritzstange aus einem auf seinem Schreibtisch stehenden Glas an. Bennett steckt sie in die Tasche.

»Mögen Sie Basketball?« fragt der Dekan. Bennett zuckt mit den Achseln.
»Ein ausgezeichnetes Physik-Department haben wir hier«, wiederholt der Dekan, während er mit seinen Stiften spielt. »Lang, Sie haben keine Ahnung, was es heißt, ein College wie dieses über Wasser zu halten. Die Kerle von Harvard, Yale und so weiter, die können sich auf ihrem bombigen einträglichen Ruf ausruhen, und trotzdem kommt weiter Geld in die Kassen. Arrogante Scheißer. Aber ein wackeres kleines College wie Leominster muß ständig seine Vorzüglichkeit unter Beweis stellen.« Der Dekan schweigt und mustert Bennett eingehend, so als wolle er herausfinden, ob der außer von Physik auch sonst noch was versteht. Gerade da verschüttet er seine Bleistiftminen auf dem Fußboden. »Sally«, greint er laut. Eine Frau erscheint in der Tür. Der Dekan schaut zu ihr, zögert. »Sally, würden Sie zu Sables gehen und meine Hemden abholen?« »Gewiß, Professor Kramer«, sagt die Sekretärin des Dekans. »Und achten Sie darauf, daß sie die Dinger nicht wieder so verdammt gestärkt haben wie letztes Mal«, sagt der Dekan.
Der Dekan scheint über etwas nachzudenken. Minuten verstreichen oder vielleicht nur Sekunden. Dann sagt er zu Bennett: »Sind Sie mit dem Werk von

Arnold Scalapino vertraut?« »Natürlich«, antwortet Bennett. »Sie wissen, daß Professor Scalapino unserem Lehrkörper angehört«, sagt der Dekan. »Deshalb sind Sie vermutlich auf unser Angebot eingegangen.« Der schmale Mund des Dekans verzieht sich zu einem zufriedenen Lächeln. Bennett starrt auf den Fußboden. Er möchte bloß seine Kisten fertig auspacken und sich auf den Unterricht vorbereiten, der in drei Tagen beginnt. »Wir haben ein kleines Problem mit Scalapino«, fährt der Dekan fort. »Seit zehn Jahren hat er nichts publiziert.«

Bennett weiß über Scalapinos Publikationsliste durchaus Bescheid. Sie ist Teil der Legende. Scalapino publiziert nicht. Wissenschaftler vermuten, daß Arnold Scalapino Unmengen von Berechnungen durchgeführt hat, aber seine Zeit offenbar nicht damit vergeuden mag, die Ergebnisse aufzuschreiben. Praktisch beruht Scalapinos Ruf ausschließlich auf zwei kurzen Berichten in Konferenzprotokollen, der eine von 1959, der andere von 1965. Beide Male tauchte der öffentlichkeitsscheue Physiker unerwartet auf, hielt einen knappen, brillanten Vortrag und verschwand wieder. Beide Vorträge, von bewundernden Studenten mitgeschrieben und jahrelang ausgiebig erforscht, bestimmten den weiteren Verlauf der Physik im jeweiligen Fachgebiet. Eine einzige Fußnote im zweiten Bericht führte zur Scalapino-Quanteninstabilität, wie man sie schließlich nannte. Beide Vorträge Scalapinos deuteten – es war zum Verrücktwerden – auf weitere, noch unbewiesene Resultate hin, revolutionäre Ideen, deren Berechnungen vielleicht auf zerknitterten Papierfetzen irgendwo in Scalapinos Arbeitszimmer herumlagen. Oder vielleicht auch nicht. Scalapino selbst hat nie für Rückfragen zur Verfügung gestanden. Er nimmt sein Telefon nicht ab.

»Wir haben Scalapino vor zehn Jahren berufen«, sagt der Dekan mit leiser Stimme, seine gelben Zähne entblößend. »Wöchentlich einmal erscheint er im College, um ein Seminar abzuhalten, und danach verschwindet er. Er kommt zu keiner Sitzung des Lehrkörpers. Er beteiligt sich an keinem Ausschuß. Er kontrolliert die Fortschritte der Studenten nicht. Und er hat noch nicht *eine* verdammte Arbeit herausgebracht. Dieser gerissene Kerl hat uns hereingelegt. Er hat den Rektor beschwatzt, ihm das höchste Salär am ganzen College zu gewähren, und er hat noch nicht *ein* verdammtes Papier publiziert. Wofür zum Teufel hält er sich?«

Der Dekan regt sich ab, dann senkt er die Stimme noch mehr, um flüsternd, beinahe säuselnd fortzufahren: »Lang, begreifen Sie, was ein Nobelpreis für Leominster bedeuten würde, an was für Stiftungsgelder wir mit einem Nobelpreis herankämen?«

»Wissen Sie, ob Scalapino noch an etwas arbeitet?« fragt Bennett. »Ist er nicht schon in den Fünfzigern?« Die Augen des Dekans werden schmal. »Ob er noch an etwas arbeitet, ist völlig unerheblich.« »Wieso?« fragt Bennett. »Er hat alles in seinen Aktenschränken«, sagt der Dekan. »Die unveröffentlichte Arbeit von zwanzig Jahren steckt in seinen Aktenordnern.« Bennett ist wie betäubt. Scalapinos Arbeit der letzten zwanzig Jahre könnte, wenn sie denn existiert, die moderne Physik auf den Kopf stellen. Vermutlich sind die Resultate der ersten zehn Jahre inzwischen anderweitig entdeckt worden, aber die der letzten zehn Jahre könnten vollkommen unbekannt sein. Bennett vermag sich die Möglichkeiten gar nicht auszumalen. Jetzt muß er sich doch hinsetzen.

Der Dekan nimmt die Reaktion seines neuen Lehrbeauftragten lächelnd zur Kenntnis. »Wir wissen, was Scalapino vor uns verbirgt«, sagt er. »Vor drei Jahren habe ich Garfund zu ihm nach Hause geschickt, damit er ein Gespräch mit ihm führte. Garfund hat die Aktenschränke in Scalapinos Arbeitszimmer entdeckt, vollgestopft mit seitenlangen Gleichungen.

»Garfund, dieser Idiot«, ruft der Dekan aus. »Er hat Scalapino gedroht. Wie konnte ich nur einem solchen Idioten die Leitung des Physik-Departments übertragen? Bei einem gerissenen Kerl wie Scalapino erreicht man mit Drohungen nichts. Da hilft nur Geduld.« Der Dekan schweigt. Dann: »Lang, ich möchte, daß Sie sich Zugang zu diesen Akten verschaffen. Glauben Sie, daß Sie das schaffen?«

Bennett hat seine Kisten vergessen. Ganz neue Zweige der Physik tauchen vor seinem geistigen Auge auf. »Ja«, hört er sich sagen. Ja, er wird seine eigene Forschung für einige Monate zurückstellen und sich dieser phantastischen Aufgabe widmen. »Gut«, sagt der Dekan, »Sie haben neun Monate Zeit. Im Mai tritt unser Kuratorium zusammen, und dem möchte ich etwas Publizierbares aus Scalapinos Arbeit vorlegen. Verstehen Sie? Sie haben neun Monate Zeit.« Bennett nickt.

»Gut«, wiederholt der Dekan. »Ich habe Sie also richtig eingeschätzt, als einen intelligenten jungen Mann. Scalapino wohnt in Fells Point. Hier ist seine Adresse.« Der Dekan kritzelt etwas auf einen Zettel und reicht ihn dem jungen Physiker.

Eine Woche später fährt Bennett zum ersten Mal zu Scalapinos Haus im Osten Baltimores, in der Nähe des

Hafens. Er stellt seinen Wagen ab und geht, die Adresse vom Dekan in der Hand, die Straße entlang. Reihenhäuser aus rotem Ziegelstein nehmen sich seltsam aus zwischen Bars, Schuhgeschäften, Cafés, Glaswarenhändlern, Buchläden und Pizzastuben. Künstler und Musiker leben in Fells Point, in einem großen Gemisch verschiedener ethnischer Gruppen: Deutsche, Italiener, Polen, Indianer. Wegen der Nähe zum Meer lassen sich Einwanderer gern in der Gegend nieder. Und die Seeleute machen hier ihren Landgang. Die Straßen sind gesäumt von Bars wie dem »Horse You Came in On« und dem »Cat's Eye Pub«. Aus geöffneten Fenstern dringen Rufe und Saxophonklänge, die Luft ist warm, und das Klappern von Bennetts Schuhen klingt angenehm. Die Straßen sind mit glattem Kopfstein gepflastert, wie er früher von den großen Segelschiffen als Ballast mitgeführt wurde.
Vor einem dreistöckigen Backsteinhaus an der Aliceanna Street bleibt Bennett stehen. Ein rostiges Eisentor schirmt die Hälfte des Hauses ab und gibt die andere Hälfte der Straße preis. Es ist früher Nachmittag. Er klopft lange. Er klopft und schwitzt ein wenig in der warmen Luft und glaubt nicht recht, daß es wirklich das Haus von Arnold Scalapino ist, als schließlich eine hübsche dunkelhaarige Frau Ende zwanzig die

Tür aufmacht, gerade einen Spaltbreit, um ihn zu sehen. »Ich bin Bennett Lang, der neue Lehrbeauftragte in Leominster«, sagt er lächelnd. »Ich möchte Professor Scalapino besuchen.« »Was wollen Sie von ihm?« sagt die junge Frau. »Er ist sehr beschäftigt.« »Ich möchte bloß guten Tag sagen«, sagt Bennett beflissen. »Er ist beschäftigt«, wiederholt die junge Frau und schließt energisch die Tür.
Bennett fährt zurück in sein beengtes Arbeitszimmer in Leominster. Er läßt die Jalousie herunter und legt sich auf die Couch. Er verfolgt die Risse in der Decke. Sie verästeln sich wie die Nebenflüsse eines Stroms, die Adern eines Blattes. Sie irren ab, vereinigen sich, trennen sich wieder, zarte Muster, die bis zu diesem Augenblick niemand bemerkt hat. Wer ist diese Frau, die über Scalapino wacht? Durch den offenen Türspalt hat er gesehen, daß sie ein Buch in der Hand trug. Vielleicht liest sie gern. Er wird ein Exemplar von Luciens *Tactile Mountains* für sie kaufen und wieder nach Fells Point fahren.

»Sie schon wieder, Mister Lang«, sagt die junge Frau verärgert. »Ich habe Ihnen doch gesagt, daß er beschäftigt ist. Guten Tag, Mister Lang.« Sie drückt den Türflügel zu. Zumindest hat sie seinen Namen behalten. Rasch schiebt Bennett das Buch durch den verbliebenen Spalt, drückt es ihr in die Hand. Sie wirft einen Blick darauf. Ihre Stirn glättet sich. »Darf ich wiederkommen?« stößt er hervor. Sie zaudert, wirft wieder einen Blick auf das Buch, dann auf Bennett. Aus einem der angrenzenden Häuser dringt schwach eine Baritonstimme herüber. »Probieren Sie es nächsten Donnerstag, nach zehn Uhr abends«, sagt sie und schließt die Tür. Froh schreitet Bennett durch das halboffene Tor und spaziert eine Stunde lang über kopfsteingepflasterte Straßen. Einem Impuls folgend, kauft er einen Fingerhut aus grünem Kristallglas.

Fells Point ist nachts belebt. Männer und Frauen ziehen einzeln und paarweise durch die Straßen. Musik schwebt in der warmen, farbigen Luft. Zwei Frauen mit Einkaufstüten streiten sich laut unter einer Straßenlaterne. Ein Mann schwankt unter der Last von drei Kästen »Shawney Girl«-Bier.

Die Frau in Scalapinos Haus läßt Bennett eintreten. Sie stellt sich jetzt als Sophie vor, die Tochter Scalapinos, und führt ihn eine gewundene Treppe hinauf. Die Treppe ist schmal und eng, und die Wände sind geschmückt mit Seiten aus einem alten Buch über höhere Analysis. Oben wendet Sophie sich nach links, und gleich sind sie in einer Küche, in der es nach Räucherhering riecht. Über den Küchentisch, auf dem ein Block weißen Papiers liegt, beugt sich ein ungeheuer dicker Mann. Arnold Scalapino. Er scheint in seinen Sessel eingezwängt zu sein, der gewaltige Bauch drückt von unten gegen die Tischplatte: Dicke Wülste rosigen Fleisches umgeben den Hals. Scalapino blickt auf, als Bennett eintritt, und gibt mit seiner mächtigen Pranke zu verstehen, daß er am anderen Tischende Platz nehmen soll.

Bennett setzt sich und zwängt seine Beine entschlossen unter den Tisch. »Ja, ich hörte, daß es am Department einen neuen Mann gibt«, sagt Scalapino. »Jetzt sind wir wieder drei.« Er hat eine überraschend hohe Stimme. Sophie lehnt an einem alten Westinghouse-Kühlschrank und betrachtet die beiden. »Hm, ich habe gerade meine Doktorarbeit in Blaine beendet, bei Davis Jacoby«, sagt Bennett und hofft, daß Scalapino den Namen seines Doktorvaters kennt. »Ach ja, Davis Jacoby«, sagt Scalapino mit seiner piepsenden Stimme. »Er hat eine ausgezeichnete Arbeit über Raumzeit-Singularitäten geschrieben. Erzählen Sie mir etwas von Ihrem Dissertationsthema.« Scalapino winkt den jungen Physiker an die Tafel, die abseits in der Küchenecke steht.

Bennett hat schon etliche Male einen Vortrag über seine Dissertation gehalten. Er greift zur Kreide, und seine Furcht verschwindet. Doch kaum hat er begonnen, als Scalapino ihm zwei Fragen stellt. Die erste beantwortet er ohne Mühe. Mit der zweiten quält er sich. Rasch hat Scalapino Bennetts Wissensstand eingeordnet. Nach der zweiten Frage und Bennetts mühsamer Antwort senkt der ältere Mann schnaubend seinen massigen Kopf und beginnt wieder, über die Gleichungen auf seinem weißen Schreibblock nachzugrübeln. Er schaut nicht mehr auf. Nach einer Minute gibt Sophie Bennett höflich zu verstehen, daß ihr Vater jetzt beschäftigt sei und sie ihn hinausbegleiten werde. Das Gespräch hat fünfzehn Minuten gedauert.

Er zieht sich zurück. Er verschwindet in den verträumten Winkeln des Campus, froh, allein zu sein in dieser Stadt, in der er keinen kennt, froh, zu seiner eigenen Arbeit und in seine Einsamkeit zurückzukehren. Er nimmt seine Berechnungen wieder auf. Er zählt die Risse in der Decke seines Arbeitszimmers. Er gibt seine Stunden, empfängt, auf der kleinen gepolsterten Couch sitzend, seine Studenten zu Besprechungen. Die Luft wird kälter, und er trägt wieder seine grüne Jacke und sieht das blutrote Laub des Ahorns vor seinem Fenster. In den folgenden Monaten begibt er sich donnerstags abends wiederholt in die Aliceanna Street 137. Jedesmal wird er an der Tür von Scalapinos Tochter abgewiesen, mit der immergleichen Begründung, ihr Vater sei beschäftigt oder am Denken oder sonstwie in Anspruch genommen.

Ende November läßt Sophie Bennett unerwartet eintreten, als sei nichts gewesen. Sie führt ihn die gewundene Treppe mit den Gleichungen an der Wand hinauf. In der Küche ist niemand. Bennett steht, nachdem Sophie verschwunden ist, verloren am oberen Treppenabsatz, als er eine piepsende Stimme – es ist Scalapino – sagen hört: »Also, das ist ein nichttrivialer Zug.« Der Stimme folgend, gelangt Bennett durch einen langen Korridor in einen hell erleuchteten Raum, wo er zehn Schachspiele erspäht, die gerade im Gange sind. Scalapino betrachtet eines der Bretter mit breitem Grinsen. »Ein nichttrivialer Zug«, sagt er noch mal. An einer Wand steht ein Computer. Scalapino spielt gegen den Computer. Jetzt erscheint Sophie in der Tür und erklärt, ihr Vater habe den Computer so programmiert, daß er aus Zufallszahlen Züge generiert, die nur von den Spielregeln und der aktuellen Position der Figuren abhängen. Die allermeisten

Zufallszüge sind vollkommen unsinnig, aber dann und wann trifft der Computer eine wirklich brillante Entscheidung, die Scalapino eine halbe Stunde lang zu schaffen macht. Offenbar hat es gerade ein solches intelligentes Zufallsereignis gegeben.
Nach einigen Minuten blickt Scalapino von seinem Brett auf. »Sie sind hartnäckig, Lang, aber nicht aufdringlich. Das gefällt mir.« Bennett entschließt sich, seine Chance wahrzunehmen. Er erklärt, worin seine Aufgabe besteht, behutsam, aber ohne lange Umschweife. Scalapino betrachtet ihn voller Mißtrauen.
Bennett schaut sich um. Von seinem Standort aus kann er am anderen Ende des Korridors einen schwach erleuchteten Raum ausmachen, und er glaubt, unklar die Umrisse eines Aktenschranks zu erkennen.
»Meine Notizen sind nur für mein persönliches Vergnügen bestimmt«, sagt Scalapino. »Dann haben Sie also Notizen?« sagt Bennett, außerstande, seine Erregung zu unterdrücken. »Ja«, sagt Scalapino und deutet gleichgültig in Richtung des anderen Raumes. »Aber ich bin nicht daran interessiert, meine Notizen herauszuputzen. Wenn abzusehen ist, wie ich ein Problem lösen kann, ist es an der Zeit, etwas Neues anzufangen. Das macht mir Spaß.«
Gleich darauf beginnt Scalapino, Bennett von seinem

aktuellen Projekt zu berichten, es geht um etwas wie die Stringtheorie und hat mit Teilchenphysik zu tun. Bennett hat im Augenblick keinen Sinn für die Stringtheorie. Erneut setzt er sich bei dem großen Physiker für sein Anliegen ein. »Sie machen sich keinen Begriff von der Bedeutung Ihrer Arbeit«, sagt er. »Ich gehe Ihre Notizen durch, ich schreibe die Artikel für Sie. Es wäre eine Ehre für mich.«

Scalapino schnaubt, wendet die mächtige Kuppel seiner Schultern und wechselt Blicke mit seiner Tochter. Ein zögernder Ausdruck tritt auf sein teigiges, bleiches Gesicht. »Sie haben also bei Jacoby studiert?« fragt er. Bennett nickt. Scalapino blickt zu seiner Tochter. Er reibt sich über die Augenbrauen. »Na schön«, seufzt er. »Na schön. Aber die Unterlagen bleiben im Haus. Sophie, begleite Dr. Lang ins Arbeitszimmer und zeige ihm die Ordner.« Dann steht Scalapino auf und watschelt über den Korridor in die Küche, zu seinem weißen Schreibblock.

Bennett folgt Sophie ins Arbeitszimmer. Dort sind sie. Scalapinos Ordner. Er macht den ersten auf. Der Ordner trägt die Aufschrift »Strahlung von beschleunigten Ereignishorizonten« und enthält viele Blätter mit Gleichungen. Bennett öffnet den zweiten: »Filtration in *n* Dimensionen«. Weitere Blätter mit Berechnungen. Einen dritten: »Modifikationen der Wheeler-De-Witt-Gleichung für den Quantensuperraum«. Bennett sinkt in einen Sessel, unfähig zu sprechen. »Sie sehen erschöpft aus«, sagt Sophie. »Kommen Sie morgen abend wieder.«

Am nächsten Abend geleitet Sophie Bennett gleich in Scalapinos Arbeitszimmer. Im Lampenlicht erkennt er, daß sich alte Ausgaben der *Physical Review* auf dem Fensterbrett, auf dem Schreibtisch und auf dem Fußboden stapeln. Schuhe, oft nicht zu einem Paar gehörend, dienen als Bücherstützen. Ungeöffnete Briefe von Lapides, Mortenheim, Kaiser und Temin liegen auf dem Schreibtisch herum. Gläser mit Erdnußbutter stecken in halboffenen Schubladen.

Bennett zieht den ersten Ordner heraus und beginnt zu lesen. Die zerknitterten Blätter tragen Kaffeeflekken und sind ungeordnet. Mathematik dominiert die Wörter, die wie scheue Waldtiere zwischen den Gleichungen hervorspähen. Die verstohlenen Wörter sind zumeist von der Art: »Daraus folgt offenkundig, daß«, oder: »Daher«, oder: »Eine ausgezeichnete Näherung ist...« Bennett starrt aus dem Fenster auf die Straßenlaternen unten und begreift, daß er die Gleichungen nochmals wird ableiten müssen. Es wird langwierig und mühsam sein, denn Scalapino hat zwischen

einer Gleichung und der nächsten viele Schritte übersprungen. Und es fehlen die üblichen Verweise auf frühere Resultate oder Zeitschriftenartikel.
Scalapino liest, wie Bennett bald herausfindet, eigentlich kaum wissenschaftliche Literatur. Und wenn er es doch tut, dann schaut er sich einen Aufsatz gerade so lange an, bis er weiß, was das Problem ist; dann schlägt er die Zeitschrift rasch zu, so als hätte er einen flüchtigen Blick auf eine Filmrezension geworfen, die er lieber nicht kennen würde, und leitet alle Resultate selbst ab. Wenn er, was selten vorkommt, verreist, wird er auf Fluren und sogar Toiletten von anderen Physikern belagert, die unbedingt ihre neuesten Entdeckungen mit ihm diskutieren wollen. Oft stellen sie zu ihrem Entsetzen nach wenigen Minuten schon fest, daß Scalapino nicht nur ihre letzten Resultate versteht, sondern bereits sehr viel allgemeinere Resultate errechnet hat, die er in seinem Aktenschrank aufbewahrt und um deren Publikation er sich nicht kümmert. Das ärgert einige seiner Kollegen. In Scalapinos Arbeitszimmer ist ein fünf Jahre alter Brief von Lapides mit Tesa an der Wand befestigt, der schlicht und einfach lautet: »Sie Arsch.«
Bennett ist seit einigen Stunden in die Unterlagen vertieft, als das Haus zu beben und zu grummeln be-

ginnt. Er denkt, es ist ein Erdbeben, und springt vom Stuhl auf. Sophie kommt und sagt, daß ein Güterzug vorbeifährt, was regelmäßig alle Abende passiert. Die Züge, die Chemikalien befördern, fahren ganz langsam, und am Morgen liegt ein feiner gelber Staub auf der Fensterbank. Sie blickt auf den Schreibtisch und auf Bennetts Arbeit. »Ich bin froh, daß Sie das machen«, sagt sie leise, dann geht sie hinaus. Bennett ist erschöpft. Scalapino und seine Tochter schlafen offenbar tagsüber und bleiben die ganze Nacht auf, aber er ist diesen Ablauf nicht gewohnt. Er fährt heim in sein kleines Apartment in der Nähe des Campus, in Hochstimmung, aber beunruhigt.

Anderntags im College findet er in seinem Postfach einen Brief vom Dekan. Darin heißt es: »Haben Sie die Akten? Der Mai naht mit Riesenschritten. Schauen Sie bitte sobald wie möglich in meinem Büro vorbei.« Bennett ist nicht gesonnen, im Büro des Dekans vorbeizuschauen. An diesem Tag fühlt er sich bei seinen Vorlesungen beflügelt. Er hat einen Blick in das Werk eines großen Physikers getan. Mit unüblicher Begeisterung schildert er seinen Studenten die Schönheit der drei Bewegungssätze Newtons. Seine Studenten starren ihn verständnislos an, wie Kühe einen vorbeifahrenden Zug.

Es schneit. Schnee ist für Baltimore etwas Ungewöhnliches. Die Straßen bleiben unter einer weißen Decke begraben, die wenigen Autos, die sich hinauswagen, stoßen mit anderen zusammen oder schlittern von der Fahrbahn. Die Stadt wird stumm und weiß. Mittags gelingt es Bennett, einen Bus mit unerschrockenem Fahrer aufzutreiben, der nach Fells Point fährt. Es geht zur Aliceanna Street 137, wo er zum ersten Mal seit Monaten am hellichten Tag eintrifft.
Er hört Rufe. Scalapino und Sophie sind zu seinem Erstaunen wach und bewerfen sich draußen auf der Straße mit Schneebällen, wobei sie kreischen wie die Kinder. Scalapino trägt eine rote, wollene Bommelmütze. Bennett macht mit. Scalapino bewegt sich, obwohl es ihm offenkundig Spaß macht, langsam und mit großer Mühe, und seine diversen Pullover und Schals bauschen sich wie die Schubladen einer Kommode, die durch ein Zimmer geschoben wird. Nach wenigen Minuten ist er heftig am Schwitzen und Keuchen, und sein Gesicht ist so rot wie seine Mütze. Er setzt sich. »Sie sind ein ziemlich guter Schütze, Lang«, sagt er, als er wieder Luft bekommt. »Und ich bin eine ziemlich gute Zielscheibe.« Er gibt ein hohes Kichern von sich und klopft Bennett auf den Rücken.
An diesem Abend beschäftigt Bennett sich nicht mit

den Gleichungen. Er und Sophie diskutieren statt dessen über Lucien und Calvino, während Scalapino mit seinem Computer Schach spielt.

Dann sind die Weihnachtsferien da. Scalapino und Sophie gehen auf eine Reise, über die sie nichts verlauten lassen. Ehe Bennett sie wiedersieht, ist es bereits Januar. Langsam beginnt er sich ihrem Rhythmus anzupassen; er schläft bei Tage, sofern er nicht unterrichtet, und arbeitet nachts in Scalapinos Arbeitszimmer. Schließlich gibt er die Arbeit am ersten Ordner auf und geht zum zweiten über. Auch hier sind die Seiten durcheinander. Nicht allen mathematischen Ausführungen kann er folgen. Es kommen seltsame Diagramme vor, die er nicht versteht. Die Berechnungen finden sich mitunter auf Einkaufszetteln, Stromrechnungen und Platzdeckchen von Restaurants. Sechs Wochen lang hat er mit Scalapinos Notizen gekämpft, und er hat die schwersten Geschütze aufgefahren, die er beschaffen konnte: Band zwei der *Relativistic Quantum Mechanics* von Bjorken und Drell, die *Advanced Methods of Mathematical Physics* von Gill und Thurbach sowie Hammermolds *Differential Geometry and Tensor Analysis*.

Eines Nachts gegen drei Uhr hält er es nicht länger aus. Er geht in die Küche und bittet Scalapino um Hilfe. Der massige Physiker sitzt am Tisch, die Augen geschlossen wie ein meditierender Buddha, rein in seinem üblichen weißen Hemd. Sein Schrank ist voll mit weißen Hemden, was das Problem der richtigen Zusammenstellung vereinfacht. Hüstelnd legt der jüngere Mann den Stapel zerzauster Seiten auf den Tisch und deutet flehentlich auf eine Schar Gleichungen, die scheinbar aus dem Nirgendwo gekommen sind. Scalapino wirft aus dem Augenwinkel einen flüchtigen Blick darauf. »Filtration«, sagt er, »das war 1969.« Er wischt die Blätter beiseite. Sophie, die im Nebenzimmer einen Roman liest und das Gespräch mitgehört hat, ruft ihrem Vater zu: »Papa, versuch doch zu helfen.« Vater und Tochter streiten. Schließlich zetert Scalapino: »Strings, Strings, ich arbeite an Strings. Filtration, damit bin ich fertig, Filtration langweilt mich.«

Schweigend liest Bennett die unleserlichen Runen auf, die wahrscheinlich die definitive Theorie der Filtration enthalten, und zieht sich ins Arbeitszimmer zurück. Die Straßenlaternen werfen in der kalten Luft draußen ein grelles Licht. Er macht auf der Schreibtischplatte eine Stelle frei, legt den Kopf darauf und lockert den Griff um seinen Bleistift. Später erörtert er die Sache mit Sophie. Sie sitzt lange bei ihrem Vater in der Küche. Schließlich kommt sie zurück ins Arbeitszimmer, wo Bennett noch immer zusammengesunken am Schreibtisch hockt. »Es tut mit furchtbar leid, Bennett«, sagt sie bekümmert. »Es tut mir um alle leid. Mein Vater bittet Sie um Entschuldigung, aber er bringt es einfach nicht über sich, noch einmal auf etwas Abgeschlossenes zurückzukommen. So ist er seit vielen Jahren. Ich kann es Ihnen nicht erklären. Es tut ihm aufrichtig leid, aber er bringt es nicht über sich. Er hofft jedoch, daß Sie uns weiterhin besuchen. Er mag Sie.« Bennett hebt den Kopf und nickt. Langsam begreift er, daß Scalapinos Notizen aus zwanzig Jahren für immer in den Mauern dieses Zimmers eingesperrt bleiben werden. Und er, Bennett, wird zu seiner eigentlichen Arbeit zurückkehren und weniger bedeutende Arbeiten in Hülle und Fülle publizieren.

Er liegt auf dem Sofa in seinem kleinen Arbeitszimmer, starrt zu den Rissen in der Decke hinauf und sucht nach Strukturen. Er hat noch vor keinem Problem resigniert, er hat noch immer irgendeine Lösung gefunden. Er sucht nach Strukturen und kommt zu dem Schluß, daß er Scalapino ein neues Projekt vorschlagen sollte, ein gemeinsames Projekt, ein physikalisches Problem, das Bennett von Anfang an versteht. Nicht etwas so Großartiges wie die Stringtheorie, aber

etwas, das Hand und Fuß hat. Vielleicht kann der ältere Physiker dann und wann ein paar Minuten für ihn erübrigen. Früher schon hat Scalapino auch bei scheinbar trivialen Problemen oft lumineszierende Tiefen aufgedeckt.
Man muß das Interesse des großen Physikers wecken. Bennett versucht es zunächst mit seiner Doktorarbeit über Gravitationsstrahlung. Doch jetzt stellt er die Fragen. Sie sitzen im hell erleuchteten Schachzimmer mit dem Computer und den Zufallszahlen. Scalapino blickt von seinem Schachbrett auf, runzelt die Stirn und wendet sich wieder dem Spiel zu. »Eine faszinierende Frage, finden Sie nicht auch?« sagt Bennett. »Die Menge der freien Energie in einem strahlenden System.« »Faszinierend, mag sein, aber seicht«, sagt Scalapino und geht hinüber zum Computer, um seinen letzten Zug einzugeben. »Möglicherweise geht es dabei auch um das Problem der kosmischen Entropie«, sagt Bennett. Er sucht verzweifelt nach einem Rettungsanker, weiß aber auch, daß man bloß die Entropie des Universums zu erwähnen braucht, um Physiker ihre Mahlzeiten vergessen zu lassen und stundenlang an die Tafel zu fesseln. Das Problem, warum das Universum in einem so hochgradig geordneten Zustand geschaffen wurde, hat bisher noch nie-

mand gelöst. Scalapino runzelt erneut die Stirn. Sein Blick löst sich von den Schachbrettern, er wirkt zerstreut, und seine Augen werden langsam glasig. Dann geht er in die Küche, Bennett folgt ihm. Scalapino hat es eilig. Ohne ein Wort beginnt er, Bilder und Teile von Gleichungen auf die Tafel zu zeichnen. Er ist in die Falle gegangen.

Nach erheblichen Bemühungen erhält Bennett eine Erklärung. Sogleich schreibt er alles auf und eilt ins Arbeitszimmer, um seinen Beitrag zu leisten, der darin besteht, die erste Gleichung nachzuprüfen, das physikalische Bild, das dahintersteht, mit Worten zu beschreiben und das Ganze in eine saubere und gutdokumentierte Form zu übertragen. Nach etwa einer Stunde geht er zurück in die Küche, wo Scalapino heftig auf seinem weißen Schreibblock herumkritzelt. »Was zum Teufel soll das?« sagt Scalapino, als er sieht, was Bennett geschrieben hat. »Schmeißen Sie das weg.« »Wieso?« will Bennett wissen. »Weil es ungenau ist«, piepst Scalapino. »Sie kommen in Schwierigkeiten, wenn Sie Worte benutzen. Worte sind zweideutig, Formeln nicht.« »Aber«, protestiert Bennett, »Sie haben doch selbst mit Hilfe von Wellen ein physikalisches Bild beschrieben.« Scalapino schüttelt sein mächtiges Haupt. »Die Wellen haben mir über den

Anfang hinweggeholfen«, sagt er. »Doch jetzt haben wir die Differentialgleichung. Die Formeln sind exakt. Halten Sie sich an die Formeln.«
Wobei Scalapino mühelos weitere Gleichungen hinschreibt, die ihm ohne Unterlaß aus der Feder fließen. »Woran denken Sie?« fragt Bennett erstaunt. »Denken?« sagt Scalapino. »Ich denke, daß im Nahbereich der kubische und im Fernbereich der quadratische Term dominieren wird. Über die geeigneten Randbedingungen werden wir uns womöglich noch unterhalten müssen.«
Scalapino schwebt in einer Unterwelt, die halb dem Körperlichen, halb dem Geistigen angehört. Er kann Bennett nicht schildern, was er denkt, so wie eine große Ballerina nicht rein technisch ihre Pirouetten erklären kann. Bennett nimmt das neue Gekritzel von Scalapino mit ins Arbeitszimmer, um es aufzubereiten. Nach einer Stunde ist er wieder da. Das Ganze wiederholt sich. Dann und wann läßt ein vorbeifahrender Zug das Haus erzittern, bringt Sophie Tee, schleppt Scalapino sich über den Korridor zum Schachzimmer.
Diese Art der Zusammenarbeit zieht sich über einige Monate hin. Bennett kommt mehrmals in der Woche ins Haus. Manchmal bringt er neue Romane für Sophie mit, manchmal »Moo Shu«-Huhn mit Erbsen-

schoten vom »Happy Palace« in Fells Point. Manchmal schläft er auf einem Feldbett im Arbeitszimmer. Bisweilen gelingt es ihm, den nächsten mathematischen Schritt ohne Scalapinos Hilfe zu gehen, und der große Physiker nickt lächelnd zu dem neuen Resultat seines Assistenten. Die Seiten sammeln sich an. Und Bennett hat es geschafft, Scalapino die Zustimmung zu ein bißchen Text neben den Gleichungen abzuhandeln, für die begriffsstutzigen Leser der *Physical Review*.

Es ist kurz vor Tagesanbruch. Die drei räkeln sich matt in ihren Sesseln, Schatten im schwachen Licht einer einzelnen Porzellanlampe. Sie sitzen in Sophies Lesezimmer, das mit ihren Büchern gefüllt ist. Manchmal sucht Scalapino seine Tochter hier auf, bevor er schlafen geht. Seit Minuten hat keiner etwas gesagt. Es ist absolut still. Von weit her dringt eine Stimme durch die Mauern des Hauses, Ella Fitzgerald mit dem Song *Do Nothing Till You Hear From Me.* Die Stimme schwimmt durch die stille Luft, und Bennett denkt an Memphis und an Florida, die beim Bügeln ihre schleppenden, schwermütigen Lieder sang. »Wer spielt diese Musik?« fragt er. Sophie zuckt mit den Achseln. »Wir wissen nicht, wer unsere Nachbarn sind«, sagt sie.

Schläfrig sitzen sie da und lauschen der Stimme in der Ferne. Schließlich steht Sophie auf und reckt sich. »Ich lege mich hin«, sagt sie gähnend. Sie gibt ihrem Vater einen Kuß und geht auf ihr Zimmer.
»Ich wünschte, sie würde ihr eigenes Leben führen«, sagt Scalapino ruhig, nachdem sie gegangen ist. »Ich habe mit ihr gesprochen. Ich wünschte, sie würde etwas tun. Aber sie will mich nicht allein lassen.« Er lächelt kummervoll und lehnt sich zurück in ein Kissen. Bald schläft er fest. Bennett geht hin und legt die grüne Steppdecke um seinen massigen Körper, dann geht er lautlos die Treppe hinunter.

Mitte April, kurz vor Tagesanbruch, sind sie fertig. Um die letzte Gleichung zu lösen, mußten sie Scalapinos Computer zu Hilfe nehmen. Das Endergebnis ist eine einzige fünfstellige Zahl. Scalapino hätte gern mehr Stellen gehabt, aber sein Computer war nicht genau genug.
Bennett fährt langsam heim zum Campus. Er sieht, wie im Osten die Baumwipfel zu leuchten beginnen, wie die Zeitungsboten ihre Blätter austragen und die Hunde sich recken und an den Toren auf ihr Frühstück warten. Er ist zu aufgewühlt und zu erregt, um sich in seinem Apartment schlafen zu legen. Also be-

gibt er sich in sein Arbeitszimmer auf dem Campus, zu der gepolsterten Couch. Während er dort liegt, betrachtet er die Zahl, sagt sie immer wieder vor sich hin. Es ist eine schöne Zahl. Er schließt die Augen und ist überrascht, die Gesichter von Scalapino und Sophie zu sehen und die Küche mit der Tafel in der Ecke und Scalapino, wie er den Korridor entlangwatschelt, und Sophies Zimmer im dämmrigen Morgenlicht und die Musik, und es scheint ihm, als sei das ganze Leben des letzten halben Jahres ausgepreßt und zu einer einzigen schönen Zahl destilliert worden. Er lächelt und sinkt in Schlaf.

Eine Woche später ist der Forschungsbericht getippt und fertig zur Einsendung an die Zeitschrift. Bennett sitzt in der naturwissenschaftlichen Bibliothek im achteckigen Raum mit den Nachschlagewerken und überprüft eine letzte Zeile. Als er zu einem Regal in der Nähe aufschaut, fällt sein Blick zufällig auf eine neue Ausgabe von *Nuova Physica*, eine unbedeutende physikalische Zeitschrift aus Italien. Das Inhaltsverzeichnis enthält einen ähnlichen Titel, wie ihn seine zusammen mit Scalapino geschriebene Arbeit trägt.

Sein Puls rast. Grob nimmt er die Zeitschrift vom Ständer, überfliegt den Artikel, blättert rasch um und

springt ans Ende. Die Zahl am Schluß ist bis zur letzten Stelle dieselbe wie seine.
Völlig durcheinander fährt er zu Scalapino. Es ist früher Nachmittag. Sophie kommt verschlafen an die Tür. Sie gibt seinem Drängen nach und weckt ihren Vater. Scalapino schleppt sich, im Schlafanzug und noch nicht ganz wach, in die Küche. »Schauen Sie sich das an«, schreit Bennett und reicht ihm die Nummer von *Nuova Physica*. Scalapino sieht sich den Artikel kurz an, nickt und sagt: »Seine Methode ist umständlich. Die minimale Wirkung ist eleganter.« »Sehen Sie sich seine Antwort an«, platzt es aus Bennett heraus. »Sie ist bis zur letzten Stelle mit der unseren identisch.« Scalapino zuckt die Achseln. »Na und?« sagt er. »Was haben Sie denn erwartet? Der Italiener hat dasselbe Problem gelöst. Es ist ein wohlformuliertes Problem. Er sollte zur selben Antwort gelangen. Ich gehe wieder zu Bett.« Scalapino gähnt und bewegt sich auf den Korridor zu. »Genau dieselben fünf Stellen«, wiederholt Bennett jammernd. »Es wären sieben gewesen, wenn der 360er einen größeren Arbeitsspeicher hätte«, sagt Scalapino. »Oder zwölf. Es ist ein ganz und gar wohlformuliertes Problem. Jetzt entschuldigen Sie mich bitte, ich gehe schlafen.«
Bennett stolpert aus dem Haus. Bis zum Ende des

Tages irrt er durch die Nebenstraßen von Fells Point, schließlich erinnert er sich an sein Auto und kehrt vollkommen entleert in sein Apartment zurück. Jahre später wird er nicht mehr wissen, ob er sich je von Sophie verabschiedet hat.

Der Mai kam und ging. Vom Dekan hörte Bennett nichts mehr. Der Dekan hatte einen Ruf aus Harvard erhalten, und er ging mit dem Beginn der Fliederblüte.

BENNETTS FRÜHESTE Erinnerung ist die an einen Klang, den Klang von Florida, die singt. Florida war das schwarze Dienstmädchen bei ihnen zu Hause in Memphis, das ihn und seine Brüder von Geburt an aufzog. In den fernsten Winkeln seines Gedächtnisses weiß Bennett noch, daß er irgendwo im Hause liegt und diese Stimme aus der Küche dringen hört, wo Florida gewöhnlich an ihrem Bügelbrett Hemden bügelte. »Oh, Jesus, mein Erretter, ich komme heim zu Dir.« Er war damals etwa zwei Jahre alt. Florida war demnach Anfang dreißig. Sie gehörte einer Baptistengemeinde in Chelsea an und sang im Kirchenchor. Bennett verstand die Worte nicht, aber er spürte die tröstliche Wirkung. Floridas Singen war immer da wie die Luft und füllte die Räume des Hauses. Es war langsam, mitreißend und traurig, und es hatte Kraft. Ihre Stimme ging in Wellen über Bennett hinweg. Sie schläferte ihn ein und weckte ihn aus seinen Nickerchen auf. Ihre Stimme war so beständig und besänftigend, daß er das Gefühl hatte, etwas stimmte nicht, wenn er sie nicht hörte. »Oh, Jesus, mein Erretter, ich komme heim zu Dir.«

Florida hatte eine lange Arbeitszeit. Sie kam morgens gegen sieben und ging abends um halb acht, oft an sechs Tagen pro Woche. Im Haus trug sie immer eine weiße Uniform. Wenn sie morgens kam und durch den Hintereingang das Haus betrat, ging sie zunächst in die Besenkammer neben der Küche, wo sie ihre eigene Kleidung ablegte und die Uniform anzog, die dort im Schrank hing. Abends zog sie sich dann wieder um, ehe sie ging.

Florida machte die gesamte Hausarbeit. Sie kochte. Sie bügelte. Sie putzte und saugte Staub. Bennetts Mutter hatte Florida immer im Verdacht, daß sie nicht nach oben ging, weil sie das Treppensteigen nicht mochte. Florida war ungeheuer dick, auch jünger schon, und das Gehen fiel ihr schwer. Bennett machte sein Bett oben selbst, und wenn er Staub und Schmutz entdeckte, sagte er nichts davon.

In den ersten Jahren war Florida außer mit Putzen noch mit den Jungen beschäftigt; sie half ihnen morgens beim Anziehen, machte ihnen das Frühstück und fuhr sie in die Schule. Bennett und seine Brüder gingen in eine staatliche Schule, ein zweistöckiges rotes Backsteingebäude, ein paar Meilen von ihrem Haus entfernt in einem Vorort gelegen. Florida ließ die Jungen auf der anderen Straßenseite aussteigen, neben einem Waschsalon mit einem blauen Schild, auf dem »Same Day Service« stand, und einem Rexall-Drugstore. Als die Brüder älter wurden, gingen sie den Weg zu Fuß, aber als sie klein waren, fuhr Florida sie hin. Dienstmädchen, die wie Florida einen Führerschein hatten, waren besonders geschätzt.

Bennett weiß noch, daß er oftmals von der Schule kam und seinen Kopf an Floridas gewaltigem Busen barg, nachdem er sich das Knie geschrammt oder ein anderer Junge etwas Gemeines zu ihm gesagt hatte. Sie sagte dann: »Erzähl's mir, Schätzchen, erzähl es Florida.« Danach fühlte er sich besser. Er war überzeugt, daß Florida ihn und seine Brüder liebte. Ihre Mutter liebte sie auch, aber Florida schenkte ihnen eine klare, bedingungslose Liebe. Nie ergriff sie Partei, vor allem nicht in Familienstreitigkeiten, aber sie ließ die Kinder sich besser fühlen. Wenn Bennetts Eltern abends ausgingen, erzählte sie vorm Schlafengehen Geschichten. Bennett und seine Brüder zogen sich dann den Schlafanzug an und kuschelten sich auf der beigen Couch im Wohnzimmer dicht an sie. Die Geschichten stammten meistens aus der Bibel. Florida packte nicht viel Religion hinein, aber eine Moral hatten sie immer.

Das Wichtigste in Floridas Leben, abgesehen von den Langs, war ihre Kirche. Für Bennett war es erstaunlich, daß sie überhaupt ein anderes Leben hatte. Sie arbeitete so viel, und sie stand fünfunddreißig Jahre in den Diensten von Bennetts Familie. Für kurze Zeit war sie mit einem Mann namens Quentin verheiratet. Sie sprach kaum von ihm. »Ich hab keine guten Männer getroffen, und ich werd meine Zeit nicht mit ihnen vergeuden, Männer bedeuten mir nichts mehr«, sagte sie oft, wenn sie am Tisch saß und eine Cola trank. Wenn außer ihrem Kreditverein jemand tagsüber nach Florida fragte, dann war es ein Freund, der Kirchenangelegenheiten mit ihr besprach. Bennett wußte eigentlich nicht genau, was Florida in ihrer Kirche machte, aber er wußte, daß sie es voller Hingabe tat. Donnerstags oder freitags legte sie bei ihren Tätigkeiten im Hause immer ein etwas höheres Tempo vor.

Eines Tages, als seine Eltern für längere Zeit verreist waren und Tante Mamie das Haus hütete, bekam Bennett furchtbar hohes Fieber. Er war so schwach, daß er nicht einmal aufstehen konnte, um zur Toilette zu gehen. Er lag bloß auf dem Rücken und starrte den

Messingleuchter an der Decke an. Eine Woche lang war er krank. In dieser Woche verpaßte Florida ihm allabendlich ein Alkoholbad und legte ihm feuchte Handtücher auf die Stirn. Feuchte Handtücher waren ihre bevorzugte Medizin gegen Fieber. Bei Magenschmerzen verabreichte sie heißen Tee mit Sassafras. Florida hatte eine starke Abneigung gegen Ärzte. »Dauernd schnüffeln sie an dir rum und lassen dich blechen und reden, als verstünden sie was«, sagte sie. Gegen ihre eigenen häufigen Leiden wandte sie die gleichen Heilmittel an. Bis an ihr Lebensende setzte sie nie einen Fuß in eine Arztpraxis, von einem Krankenhaus ganz zu schweigen.
Sonntags dann, Bennett war immer noch so krank, hatte Florida eine wichtige kirchliche Veranstaltung, von der sie seit Monaten sprach. Es war ein Grill- und Liederfest mit auswärtigen Gospelsängern. Florida war nie über Memphis hinausgekommen, und sie konnte sich einen gemischten Chor aus dem eigenen Gemeindechor und diesen erstklassigen Gospelsängern aus Nashville kaum vorstellen. Sie summte und sang und kaufte sich für den Anlaß neue Ohrringe. Es kam der Samstag, der Tag vor dem großen Ereignis, und Bennetts Zustand war unverändert. Dann, am frühen Sonntagmorgen, hörte er Florida mit schweren

Schritten die Treppe heraufstapfen. Es klopfte an seiner Tür. Sie hatte ihre Sonntagskleider an. Aber sie ging nicht zu dem Liederfest. Sie saß den ganzen Tag an Bennetts Krankenbett und legte ihm feuchte Handtücher auf die Stirn. Er hatte Florida noch nie im Haus ohne ihre weiße Uniform gesehen. Nachmittags kam Tante Mamie in Bennetts Zimmer geeilt, warf einen argwöhnischen Blick auf Florida und sagte: »Sollten Sie sich nicht umziehen, Florida?« »Ich habe heute frei, Miz Edelson«, antwortete Florida.

Meistens war es Florida, die Bennetts Mutter wiederbelebte, wenn sie in Ohnmacht gefallen war. Das kam rund einmal pro Monat vor, gewöhnlich während eines lauten Streits zwischen den drei Brüdern. Bennetts Mutter hatte sich so sehnlich eine Tochter gewünscht. Und die Jungen stritten sich ständig. Ihre Mutter versuchte den Frieden zu wahren, aber oft gab sie es auf und fing an zu schreien. Sie mochte das Schreien nicht. Für eine Dame aus dem Süden gehörte sich so etwas nicht. Doch sie wurde dazu getrieben, und schließlich gab sie es auf und schrie los: »Ich werd's eurem Vater sagen, wenn er heimkommt!« Tatsächlich war es eine schwache Drohung, sich auf Bennetts Vater zu berufen. Wenn er von der Arbeit nach

Hause kam, pflegte er sich mit einem Buch für den Abend im Wohnzimmer einzuschließen, zum Abendessen zur Familie zu stoßen und anschließend wieder zu seinem Buch zurückzukehren. Da das Strafinstrument auf diese Weise geschwächt war, blieben die Drohungen von Mrs. Lang bei ihren Kindern wirkungslos. Sie stritten sich weiter, und sie, die Mutter, schrie sie an und ärgerte sich deswegen über sich selbst und geriet in einen schrecklichen Erregungszustand, begann zu hyperventilieren und fiel in Ohnmacht. »Mutter ist ohnmächtig geworden«, heulten die Kinder, und Florida lief zum Apothekenschrank und holte das Riechsalz heraus. Wenn Bennetts Mutter, noch am Boden liegend, zu sich kam, pflegte sie zu fragen: »Wo bin ich?« »Sie sind wieder ohnmächtig geworden, Miz Lang«, antwortete Florida, die mit dem Riechsalz über ihr schwebte und ihr sanft die Hand drückte. Die Jungen hatten schreckliche Schuldgefühle, wenn ihre Mutter in Ohnmacht fiel, und hielten sich für den Rest des Tages im Zaum. Als sie älter wurden, dachten sie manchmal, daß ihre Mutter absichtlich in Ohnmacht fiel, um Eindruck zu machen.

Bennetts Mutter führte ein geheimes nächtliches Leben. Sie litt an Schlaflosigkeit. In den frühen Morgenstunden streifte sie durchs Haus, durchsuchte Schubläden, schrieb Briefe an sich selbst, las ungewöhnliche Bücher. Ihre Wanderungen endeten gewöhnlich in der Küche, wo ihre Willenskraft ihrer Erschöpfung unterlag und sie alles aß, was ihr vor die Augen geriet, speziell übriggebliebene Desserts. Mühelos konnte sie zwei Drittel eines Apfelkuchens, einen Liter Eiskrem oder acht Brownies, kleine Schokoladenkuchen mit Nüssen, verschlingen. Im Laufe der Jahre führte ihr nächtlicher Mangel an Selbstbeherrschung zu einem ständigen Katz-und-Maus-Spiel mit Florida.

Jedesmal nach dem Abendessen bat sie Florida, den Rest der Nachspeise zu verstecken. Florida verbarg ihn in der Waschmaschine, in Kommoden, Schränken und unter der Couch. Zu Bennett pflegte sie mit verlegenem Grinsen zu sagen: »Miz Lang verlangt das von mir. Du darfst Miz Lang nicht sagen, wohin ich den Apfelkuchen tue.« Am nächsten Morgen war der Kuchen dann verschwunden. Bennetts Mutter kam in die Küche und schalt Florida, weil sie ihn nicht gut genug versteckt hatte. Florida machte ein beleidigtes Gesicht und gab sich an diesem Abend besondere Mühe. Am nächsten Morgen kam Bennetts Mutter in die Küche und sagte kein Wort zu Florida, nicht einmal guten Morgen. Abends dann sollte Florida das

Dessert wieder sehr gut verstecken, und am nächsten Morgen kam Bennetts Mutter noch stiller und mißmutiger in die Küche. Florida warf ihr einen schüchternen Blick zu, doch Mrs. Lang würdigte Florida keines Blickes. Nach einigen Tagen hielt Florida diese Behandlung nicht mehr aus. »Aber Miz Lang«, platzte sie heraus, »Sie haben mich doch selber gebeten, das Dessert so zu verstecken, daß Sie es nicht finden können.« Der Blick von Bennetts Mutter ging darauf aus dem Fenster in eine unbestimmte Ferne, und sie flüsterte in der schleppenden Art der Südstaatler: »Aber es so zu verstecken, das habe ich nicht verlangt.« Als Florida das hörte, trat ein Ausdruck der Verwunderung auf ihr Gesicht, ihre Augen wurden ganz groß, und an diesem Abend versteckte sie die Nachspeise so, daß jeder Amateur sie finden konnte. Am nächsten Morgen schien Bennetts Mutter zufrieden zu sein. Doch nur wenige Tage lang machte sie morgens diesen zufriedenen Eindruck, dann wurde sie wieder wütend und schalt Florida, weil sie ihre Sache nicht gut genug mache, und der ganze Kreislauf begann von vorn. An der Stimmung im Haus konnte Bennett immer ablesen, ob es ein Tag war, an dem Florida die Desserts zu gut oder nicht gut genug versteckt hatte.

Die fraglichen Süßigkeiten waren von Florida meist selbst zubereitet worden. Florida war eine wunderbare Köchin. Sie war so gut, daß Bennetts Mutter sie gelegentlich ausborgte, wenn Freunde ein Essen gaben. Bennett war mehr als einmal in der Küche zugegen, als seine Mutter Florida inständig bat, niemandem die Zutaten ihrer Barbecuesauce zu verraten, vor allem nicht den Dienstmädchen ihrer Freunde.

Was Bennett und seine Brüder am meisten mochten, woran sie den ganzen Tag dachten, wenn sie wußten, daß es das geben würde, war Floridas Pekannußkuchen. Ihr Pekannußkuchen enthielt große Nußstückchen, die oft direkt vom Hickorybaum in ihrem eigenen Garten stammten. Die Füllung war weich, klebrig und süß, aber nicht zu süß. Florida hatte für den Teig ihr eigenes Rezept aus Mehl und Speck, und sie rollte ihn auf der Arbeitsplatte sehr dünn aus. Bennetts Mutter schloß die Augen, wenn sie Floridas Pekannußkuchen aß. Bennett und seine Brüder hielten die Augen offen und aßen, so schnell sie konnten, um eine zweite Portion zu bekommen. Meist verlangten sie obendrauf noch einen Löffel Vanilleeis. »Wozu braucht ihr noch Eis auf diesem guten Kuchen?« sagte Florida. Dann seufzte sie und tat, den Jungen einen traurigen Blick zuwerfend, worum sie gebeten worden war.

Während die Familie gemeinsam im Eßzimmer speiste, saß Florida in der angrenzenden Küche. Wenn etwas benötigt wurde, schüttelte Bennetts Mutter ein kleines Messingglöckchen. Dann trat Florida durch die Pendeltür ins Eßzimmer und sagte: »Bitte, Miz Lang?« und brachte noch eine Karaffe Wasser oder eine zusätzliche Gabel oder weitere Lammkoteletts. »Wo ist das Kohlrabigemüse?« konnte Bennetts Mutter auch fragen, wenn Florida hereinkam. »Ich wußte nicht, daß Sie Kohlrabigemüse wollten, Miz Lang«, sagte Florida darauf. »Ich habe Limabohnen gemacht.« »Ich wollte Limabohnen und Kohlrabigemüse«, sagte Bennetts Mutter dann. »Ich habe Kohlrabigemüse auf den Speisezettel geschrieben. Haben Sie denn nicht den Speisezettel gelesen?« »Tut mir leid, Miz Lang«, erwiderte Florida darauf und drehte sich um und ging wieder durch die Pendeltür. Zwischen den Glockensignalen verspeiste sie ihre eigene Mahlzeit allein am Küchentisch.

Nach dem Essen widmeten sich die Mitglieder der Familie ihren abendlichen Tätigkeiten, während Florida das Geschirr spülte. Als Bennett älter wurde und sich gelegentlich mit Mädchen traf, brachte er seine

Verabredung stets frühabends mit nach Hause, wenn Florida noch da war. Florida tat dann so, als sei sie mit dem Geschirr beschäftigt, aber sie sah sich Bennetts neues Mädchen ganz genau an und spitzte die Ohren, um genau mitzubekommen, was die junge Lady sagte. Wenn Bennett einige Zeit später das Haus durch die rückwärtige Küchentür wieder verließ, warf Florida ihm vom Spülbecken her einen verstohlenen Blick zu. Manchmal grinste sie und nickte zustimmend. Manchmal verzog sie mißbilligend das Gesicht und schüttelte den Kopf. Zu den jungen Frauen sagte sie nie etwas, mit einer Ausnahme, als sie gegenüber Susan Caldwell äußerte, daß Bennett einmal ein zweiter Thomas Edison werden würde.

Floridas Nachname lautete Wicker. Florida Wicker. Nur ein einziges Mal hörte Bennett, wie ihr Nachname ausgesprochen wurde, als nämlich Leute vom Kreditverein klingelten und mit »Florida Wicker« sprechen wollten. Ihre Schulden machten ihr zu schaffen, auch wenn sie kein Wort darüber verlor, und ständig fürchtete sie, ihr Kreditverein würde die wenigen Dinge, die sie besaß, zurückfordern. Die Langs zahlten ihr nicht viel. Anfang der sechziger Jahre, vor Einführung des gesetzlichen Mindestlohns, erhielt sie fünf-

unddreißig Dollar die Woche. Das war damals der übliche Satz für schwarzes Personal.
Einen Großteil ihres Einkommens gab Florida für Zigaretten aus. Sie rauchte Pall Mall. Sie war eine Kettenraucherin – nur wenn sie sang, ließ sie es sein –, und ihre Zigaretten spendeten ihr großen Trost. In ihren Vierzigern bekam sie Probleme mit der Atmung. Sie wußte, daß Rauchen ihrer Gesundheit schadete und daß sie es sich nicht leisten konnte, aber es war eine ihrer wenigen Freuden, und sie hörte nicht auf. Ihre beiden letzten Lebensmonate verbrachte sie in einem Krankenhaus, auf dem Rücken liegend, zu schwach, um zu protestieren, außerstande, sich aufzusetzen, eine Kanüle in der Luftröhre, an eine Dialysemaschine für ihre versagenden Nieren angeschlossen, Ballons um die Beine, damit die nicht anschwollen. Als er erfuhr, daß sie sterben würde, weinte Bennett innerlich, aber er ging nicht ins Krankenhaus. Er konnte es nicht ertragen, Florida in diesem Zustand gegenüberzutreten.
Das letzte Mal, daß er sie gesehen hatte, lag einige Jahre zurück, es war das einzige Mal, daß er sie in ihrem Hause besuchte, in der Harrison Street im Norden von Memphis. Er wohnte inzwischen in Baltimore und hatte Florida ziemlich aus den Augen verloren.

Sie arbeitete immer noch für seine Eltern, wenn auch nur noch einmal in der Woche. Es war ein schwüler Julitag. Wie er herausfand, wohnte sie in einem winzigen Backsteinhaus, eingeklemmt in eine Reihe anderer winziger Backsteinhäuser. Alle Häuser hatten zwei Stufen, die zur Tür führten, und eine mit einem Fliegengitter versehene Veranda, über die Wäscheleinen gespannt waren. Floridas Auto, ein klappriger blauer Plymouth, den Bennetts Eltern ihr überlassen hatten, stand vor dem Haus. Weiter die Straße hinunter wurde eine Markise hochgekurbelt. Es roch nach gebratenem Hähnchen.

Als Bennett durch die Fliegentür ihrer Veranda trat, saß Florida in einem weißen Aluminium-Gartenstuhl. Das Oberteil ihres Kleides war schweißnaß und klebte ihr auf der Haut. Als sie ihn sah, fing sie an zu grinsen. »Ist das nicht eine schreckliche Hitze?« meinte sie und wischte sich mit dem Taschentuch die Stirn ab. Bennett nickte lächelnd. »Himmel, laß dich anschauen«, sagte sie. »Ganz schön groß geworden. Bist du glücklich, Schatz?« Diese Frage verblüffte ihn, und er wußte nicht, was er darauf antworten sollte.

In all den Jahren hatte er sich oft vorzustellen versucht, wie Florida wohnte. Er fragte sich, wie ihre eigene Küche wohl aussah. Er fragte sich, ob sie Bilder von Jesus an den Wänden hatte, ob sie Fotos von ihm und seinen Brüdern hatte, einen Fernseher oder einen großen Wollteppich. Er fragte sich, wie es bei ihr zu Hause wohl roch. Aber sie führte ihn nicht herein. Sie saßen eine Stunde auf ihrer Veranda und sprachen über ihn und seine Brüder und ihre Gemeinde, und dann ging er wieder.

ALS BENNETT ZEHN ODER elf war, verwandelte er eine geräumige Abstellkammer neben seinem Zimmer in ein Labor, und das stattete er mit Batterien, Drähten, Kondensatoren, Reagenzgläsern, Bunsenbrennern und Flaschen mit Schwefelsäure aus – alles säuberlich organisiert in beschrifteten Kunststoffkisten auf weißen Vinylregalen. Bennetts jüngere Brüder Marty und Philip streiften ständig um sein Labor herum. Er mußte es mit einem großen silbernen »Yale«-Zylinderschloß verschlossen halten. Den Schlüssel dazu versteckte er in einem ausgestopften Frosch, den Onkel Malcolm ihm aus Acapulco mitgebracht hatte. Seine Brüder fanden diesen ausgestopften Frosch scheußlich und trauten sich nicht an ihn heran.

Bennetts wissenschaftliche Projekte begannen meist mit einer plötzlichen inneren Vorstellung von einem Ding, das etwas Interessantes machte. Dann beschloß er, dieses Ding zu bauen. Hochfliegende Pläne zur Enthüllung der Geheimnisse des Universums hatte er nie. Er bekam einfach eine plötzliche Vision und verspürte den mächtigen Drang, sie zu verwirklichen.

Einmal verwendete er die ganzen Weihnachtsferien darauf, eine Fernsteuerung zu basteln, mit der er von jedem Punkt des Hauses aus das Licht in seinem Zimmer anmachen konnte. Um an dem Lichtschalter herumzuprobieren, mußte er die Hauptstromleitung des Hauses abschalten, was er klugerweise tat, als seine Eltern nicht da waren. »Kind, jetzt kriegst du aber bestimmt Scherereien«, sagte Florida, »das wird Ärger geben.« Doch dann beruhigte sie sich und war so nett, Bennetts Brüder auf einen Spaziergang mitzunehmen. Als sie wiederkamen, rannte Bennett völlig außer sich im ganzen Haus herum und testete seine Erfindung von jedem erdenklichen Standort aus. »Es ist an«, rief einer seiner Brüder aus Bennetts Zimmer herunter. »Es ist aus. An.« »Du hast echt was auf'm Kasten, Kind«, sagte Florida lächelnd. »Du wirst noch mal ein Thomas Edison.«

Bisweilen waren es kleine häusliche Probleme, die Bennetts Kreativität anstachelten. Einmal, nachdem er sich jahrelang heiser geschrien hatte, um seine Brüder von unten zu sich aufs Zimmer zu rufen, verfiel er unerwartet auf ein System von Lautsprechern und

Kabeln, die aus seinem Zimmer nach unten in ihre Zimmer verliefen. Er installierte es, und es funktionierte ganz gut, aber nicht einwandfrei. Der Verstärker brachte ein Hintergrundbrummen ins System, so daß er in das Mikrophon schreien mußte, um am anderen Ende der Leitung gehört zu werden. Seine Brüder waren jedoch mächtig beeindruckt.

Bennett war von bestimmten Bildern im Film *Frankenstein* fasziniert, besonders von den blitzartigen Entladungen zwischen Elektroden. Das war ein Phänomen, dem er nachgehen mußte. Schließlich fand er heraus, daß Dr. Frankensteins elektrische Maschine eine sogenannte Induktionsspule war. Er baute eine. Dazu mußte Draht um einen Elektromagneten gewikkelt werden. Wenn ein pulsierender Strom durch den Kern des Magneten floß, nahm sein Magnetismus zu und ab, wie die Gezeiten, und erzeugte in den ihn umgebenden Drahtwindungen eine ungeheure Spannung. Nach den physikalischen Gesetzen, die Bennett aus einem Buch entnahm, war die Spannung um so größer, je mehr Windungen der Draht um den Magneten aufwies. Er wollte soviel Spannung wie möglich, und so beschloß er, Draht zu wickeln, bis ihm die Arme abfielen. Er wickelte zwei ganze Wochen lang. Er wickelte zwei Meilen Draht um den Magne-

ten. Es war ein Draht von der Dicke dreißig, der dünnste, der in den Elektrozubehörläden von Memphis aufzutreiben war.
Mittendrin wurde das Wickeln so ermüdend, daß er John Lerner um Hilfe bitten mußte. John war Bennetts bester Freund und ein Jahr älter. Er kam mit dem Fahrrad. »Hübsche Spulen, guter Benito«, sagte John anerkennend. John nannte Bennett nie bei seinem richtigen Namen. Er nannte ihn immer »guter Benito«. »Hübsche Spulen, guter Benito.« John nahm die Situation in Augenschein, begab sich auf Bennetts Dachboden und brachte eine Angelrute mit Rolle herunter. Diese baute er so um und verband sie mit dem Apparat, daß Bennett auf dem Bett liegen und fernsehen konnte, während er mühelos mit großer Geschwindigkeit Draht wickelte.
Als er bei mehreren tausend Volt angekommen war, hörte er auf. Der elektrische Funken von seiner Induktionsspule konnte fast einen Abstand von einem Zoll überspringen – zugegeben nicht so weit wie der von Dr. Frankenstein, aber er hatte die Spule selbst gebaut und führte sie stolz jedem vor, der ins Haus kam.
Als der Sputnik die Erde umkreiste, wurde Bennett von der Idee gepackt, ein Projektil dort hinaufzuschicken, bis zu den Wolken und noch weiter. Un-

zählige Starts malte er sich aus, elegante Bahnen durch den Weltraum, silbrigen Stahl, der das Sonnenlicht reflektierte. Bennett mußte jedoch die Absicht, selbst eine Rakete zu bauen, um mehrere Jahre aufschieben. Der Besitzer von »Clark and Wilson« wollte ihm nicht die explosiven Chemikalien verkaufen, die er brauchte. Eines Tages im Sommer aber gab Mr. Clark schließlich nach, von Bennetts tiefer werdender Stimme und dem Anschein höchster Seriosität überzeugt.

In den nächsten Wochen experimentierte Bennett mit Raketentreibstoff, wobei er ein Rezept aus *Popular Science* abwandelte, das mit Holzkohle, Kaliumnitrat und Schwefel arbeitete. Verbrannte die Mixtur zu schnell, würde sie wie eine Bombe explodieren, verbrannte sie zu langsam, würde sie wie ein Grillfeuer schwelen. Mal drang ein Knall, mal ein Zischen aus Bennetts Labor, während er seine Mixturen in winzigen Mengen ausprobierte.

Für die Zündung des Treibstoffs ersann Bennett ein elektrisches System. Das war ein Durchbruch. Mit dem Versuch, ein Streichholz an Schießpulver in Ameisenlöchern zu halten, hatte er schlechte Erfahrungen gemacht. Für dieses Raketending nahm er eine Blitzlichtbirne. In den Treibstoff eingebaut, konnte sie mit ihrer großen Hitze die Verbrennung in Gang setzen, und die Birne ließ sich mit langen Drähten und einer Batterie aus großer Entfernung auslösen. Die Experimente wurden wie das mit der ferngesteuerten Beleuchtung in Abwesenheit der Eltern durchgeführt, und das Stillschweigen der Brüder erkaufte sich Bennett mit einem schimmernden Kondensator für jeden von ihnen. Marty und Philip mußten zu ihrem eigenen Schutz vor der Tür bleiben, wenn er seine Untersuchungen durchführte. Florida stand unten an der Treppe und rief händeringend hinauf: »Jetzt kriegst du aber bestimmt Scherereien.«

Schließlich zufrieden, einen Treibstoff mit ausreichendem Schub und ein verläßliches Zündungssystem zu haben, machte sich Bennett daran, den Rumpf des Projektils zu bauen. Er fertigte ihn aus einem starken Aluminiumrohr, das er beim Eisenwarenhändler erstand. Marty und Philip durften jeder ein Abziehbild auf dem Rumpf anbringen. Marty, der Ältere, schlug vor, die Rakete mit einem lebenden Passagier zu starten, einer Eidechse. Bennett schuf eine Kammer im Rumpf, die für das Tier vorgesehen war. Auf dem Gipfel der Flugbahn sollte die Eidechse mitsamt ihrem Behältnis mittels einer Quecksilberschal-

tung herausgeschleudert werden und an einem Fallschirm zur Erde schweben. Wie sich dann zeigte, stimmten Martys Angaben über die Maße der Eidechse nicht ganz. Ihr Schwanz ragte in die Treibstoffkammer und verbrannte beim Start.
Zum Schluß kamen die Flossen und die Raketenspitze. Die waren einfach. Die Rakete war silbrig, ihre Schwanzflossen rot. Sie war schön.
Die Kunde von dem Projekt breitete sich in der Nachbarschaft aus. Am Tag des Starts, der an einem Samstag bei Morgengrauen am fünften Loch des Galloway-Golfplatzes stattfand, hatte Bennett außer seinen beiden Brüdern vielleicht zehn Jungs als Zuschauer. John war natürlich dabei. Er brachte einen Klappstuhl und einen Feldstecher mit. Vor dem Start trat er auf Bennett zu und schüttelte ihm feierlich die Hand, dann ließ er sich auf seinem Stuhl nieder und übte mit seinem Feldstecher die rasche Verfolgung des Objekts, wobei er den Blick ruckartig von der Startrampe auf einen fernen Punkt jenseits von Alpha Centauri verlagerte.
Bennett hatte die Startrampe aus einem v-förmigen Stahlträger gebaut, der im erforderlichen Winkel himmelwärts ragte und in einem mit Beton gefüllten hölzernen Coca-Cola-Kasten verankert war. Die Rakete

saß mit der Nase voran auf dem Träger, und von ihrem Schwanz verliefen die Zündkabel zum Befehlsstand, der mehrere hundert Fuß entfernt war. Dort stand, ganz für sich und direkt neben dem Zündknopf, Bennett. Es war ein früher Morgen im September, der Tau schimmerte auf dem Gras, und über den Baumwipfeln ging die orangefarbene Sonne auf. In der Stille unmittelbar vor dem Start konnte Bennett schwach das Summen eines Golfcarts bei Loch eins vernehmen.

Der Abschuß verlief einwandfrei. Doch die Rakete war kaum mehr als zweihundert Fuß in die Höhe geflitzt, als sie unkontrolliert nach Osten abschwenkte, einen gräßlichen Looping vollführte und zu Boden stürzte. Bennett schrie auf und schlug die Hände vors Gesicht. Die Ursache der Katastrophe war selbst seinen Brüdern sofort klar. Innerhalb eines Sekundenbruchteils nach dem Start waren die Schwanzflossen der Rakete abgefallen, als wären sie bloß mit Uhu angeklebt gewesen. Und das waren sie. Mit entsetzlicher Klarheit fiel Bennett wieder ein, daß er die Schwanzflossen nicht mit Metallbolzen befestigt, sondern rasch angeklebt hatte, um das fertige Raumfahrzeug bewundern zu können. Seine Rakete funktionierte am Boden, aber nicht in der Luft.

JOHN LERNER WAR EIN Einzelkind, von zarter Konstitution und, wie Bennett, ein eher wortkarger Junge. John hatte ein energisches, hyänenartiges Lachen, das auch aus größerer Entfernung unverwechselbar war.

Bennett war in der vierten Klasse, als er John an einem Frühlingsnachmittag auf dem weiten, unberührten Gelände, das er auf dem Heimweg von der Schule durchquerte, zum ersten Mal begegnete. Bennett nannte es das Maisfeld, obwohl weit und breit kein einziger Maisstengel zu sehen war. Was es gab, waren dichte Haine von Eichbäumen und Büschen, Veilchen so blau wie der Himmel, Schildkröten, Schlangen und rätselhafte Trampelpfade, die sich zwischen den Bäumen durchschlängelten.

Bennett hatte zwei Lieblingsorte. Der eine war ein Hügel, hinter dem der Boden steil abfiel und wo der Wind mit einer so beständigen Kraft blies, daß man mit geschlossenen Augen dasitzen und sich ausmalen konnte, durch den Weltraum zu segeln, während die Erde sich um ihre Achse drehte. Stundenlang saß er auf diesem Hügel, einen Halm im Mund, dachte nach und ließ die Zeit mit dem Wind vorbeifließen. Sein anderer Lieblingsort war ein Teich, grün und dunkel und während der warmen Monate voller Kaulquappen. Er liebte es, die Schuhe auszuziehen und in den Schlamm hineinzuwaten, den dunklen Morast zwischen den Zehen zu spüren. Jedesmal, wenn er dort war, schrieb er seine Initialen in den Schlamm. Einige Tage später waren sie verschwunden, aufgelöst im Schleim, und er schrieb sie wieder hinein. Er wollte, daß etwas von ihm ständig mit dem Teich in Verbindung war.

Eines Nachmittags hatte er gerade wieder einmal seine Initialen in den Schlamm gezeichnet, als er eine Hyäne lachen hörte. Es war John, der ihn, mit verschränkten Armen unter einer Eiche stehend, heimlich beobachtete. Der Junge inspizierte Bennetts Werk und ging dann daran, die eigenen Initialen im Schlick zu hinterlassen, mit Stöcken. Er spitzte die Stöcke mit seinem Klappmesser an und trieb sie einen halben Fuß tief in den Schlamm hinein. Das Muster der senkrecht aufragenden Stangen ergab »J. L.«, »Klasse«, sagte Bennett. Der ältere Junge ließ sein Messer zuschnappen, trat einen Schritt zurück, um sein Werk zu bewundern, und verschwand auf einem der Trampelpfade. Johns Initialen blieben bis in den Sommer hinein stehen, dann trocknete der Schlamm, bekam Risse und stieß die Stöcke schließlich aus.

Am letzten Schultag dieses ersten Jahres brannten die Jungen das Maisfeld beinahe nieder. John befand, daß sie im bevorstehenden Sommer Schutz vor den Indianern benötigten. Also bauten die Jungen in dem Teil des Geländes, der dem Sears-and-Roebuck-Gebäude benachbart war, ein Fort. Sie errichteten es aus Baumstämmen und großen Felsblöcken. Und zu einem Fort gehörte selbstverständlich ein Lagerfeuer. »Hast du Streichhölzer?« fragte Bennett. John verzog das Gesicht zu einer gequälten Miene und holte sein Vergrößerungsglas hervor, das in knapp drei Minuten eine Flamme erzeugte. Das Feuer geriet aber sogleich außer Kontrolle und erfaßte ein paar dürre Büsche. »O Gottogott!« schrie Bennett und begann im Kreis herumzulaufen. John packte ihn bei den Schultern und bat ihn in weinerlichem Ton: »Bitte, sag's nicht meinem Vater.« »O Gottogott!« schrie Bennett. »Wir müssen Hilfe holen. Da drüben ist eine Feuerwache, ich geb denen Bescheid.« Er rannte los zum Rand des

Maisfeldes hin, John hinter sich her ziehend wie den Schwanz eines Drachens. Sie liefen auf das Sears-and-Roebuck-Gebäude zu, überquerten, den herannahenden Autos ausweichend, die Poplar Avenue, und weiter ging's Richtung Feuerwache an der Belle Meade. »Das kannst du nicht machen«, jammerte John, »dann wissen sie, daß wir's gewesen sind. Sie werden es meinem Vater sagen.« Bennett sagte nichts, sondern lief weiter. Er stürmte in die Wache und rief, daß es in der Nähe des Sears-and-Roebuck-Gebäudes brenne. Dann stürzte er davon und floh in die dem Maisfeld entgegengesetzte Richtung, John wieder im Schlepptau. Sie blickten sich nicht um und hörten erst auf zu laufen, als sie fast eine Meile hinter sich gebracht hatten und in der Nähe des Rexall-Drugstore waren, beide keuchend und schwitzend. Bald hatten sie sich beruhigt, ließen sich mit verschränkten Beinen auf einem Stück Gras nieder und schauten sich ungläubig an. »Versprich mir, daß du meinem Vater nichts sagst!« sagte John. »Versprochen«, sagte Bennett.

Wenn er nachmittags von der Schule nach Hause ging, schaute Bennett gern bei John vorbei, um über irgendeine Idee zu sprechen, von der er in *Popular Science* gelesen hatte. John lag dann ausgestreckt und spindeldürr auf seinem Bett und grübelte über seinen neuesten Schwung schlechter Noten nach. Johns Gehirn arbeitete auf hohen Touren, aber wenn er sich nicht mit einem anderen fähigen Kopf darüber austauschen konnte, lief das Getriebe leer. Bennett brauchte bloß ein neues Projekt anzudeuten, selbst wenn er nichts Näheres darüber sagen konnte, und schon wurde John munter, stürzte sich begeistert in die Schlacht und kramte Stromkabel, Widerstände, Lötkolben oder was er sonst noch für erforderlich hielt aus Behältern hervor, die über sein ganzes Zimmer verteilt waren. Dann gingen sie, mit einem Bob-Dylan-Song im Hintergrund, ans Werk. Im Laufe der Jahre bauten die Jungwissenschaftler ein Walkie-talkie, einen Kristalldetektor, einen Thermostaten und ein Teleskop mit automatischer Nachführung. John bewahrte nie die Gebrauchshinweise auf, die neuen Teilen beigefügt waren, zeichnete keine detaillierten Schaltschemata, und seine Verdrahtungen liefen kreuz und quer über die Leiterplatte. Aber ihm gelang einfach alles, und wenn er sich im Schneidersitz auf dem Fußboden seines Zimmers niederließ und zu basteln anfing, summten die Transistoren. »Man muß bloß Dusel haben«, sagte er trocken. Verwirrt schaute Bennett seinem Freund über die Schulter und versuchte herauszubekommen, warum es in Johns Zimmer besser klappte als in seinem, aber das war völlig nutzlos, und John ließ sich auch nicht zu Erklärungen herbei. John verplemperte seine Zeit nicht mit Theorie.

Ihr glänzendstes gemeinsames Werk war ein Fernmeldegerät, das den Schall nicht durch elektrische Impulse in Drähten, sondern durch Licht übertrug. Sprach man an einem Ende in das Gerät hinein, so versetzte der Schall einen Ballon, auf dem ein Stück silberüberzogenes Glas angebracht war, in Schwingungen. Dieser kleine Spiegel lenkte einen Lichtstrahl quer durch den Raum zu einem Empfänger. Da die Schwingungen des Spiegels der Stimme des Sprechers folgten, schwankte auch die Intensität des reflektierten Lichts und hielt so exakt die feinsten Nuancen im Tonfall des zweifelnden Forschers fest. Im Endergebnis ließ sich das flackernde Licht, in einigem Abstand aufgefangen und durch ein anderes Gerät verarbeitet, in die originale Stimme zurückverwandeln. Es war unglaublich. Und es klappte.

Der erste Probelauf ihres Geräts erfolgte an einem verregneten Samstag im April. Die beiden lagen in Johns Zimmer auf dem Fußboden und diskutierten eine Weile, welche Nachricht beim ersten Mal übermittelt werden sollte. Die Luft war schwül, das Zimmer abgedunkelt, und das einzige Licht war der gelbe Sendestrahl quer durch das Zimmer.

Es sollte etwas Unsterbliches sein, meinte John, zum Beispiel: »Einst, bei trüber Mitternacht, grübelte ich, müd und schwach.« Bennett unterzog den Vorschlag einer eingehenden Prüfung und schüttelte schließlich den Kopf. »Was wird die Nachwelt von uns denken«, sagte er, »wenn unsere erste Botschaft ein Gedicht ist? Sollten wir nicht etwas Wissenschaftliches sagen, beispielsweise die Ziffern der Zahl Pi?« »Ich weiß nicht«, sagte John und kratzte sich an einem Mückenstich. »Hast du das Tonbandgerät angeschlossen?« »Ja«, sagte Bennett. Das Mikrophon war direkt mit dem Verstärker des Empfängers verbunden. Bennett hob sein Bein und drückte mit der Zehe den Aufnahmeknopf.

In diesem Augenblick platzte Johns Vater in das abgedunkelte Zimmer, warf John einen vernichtenden Blick zu und brüllte: »Wo sind meine verdammten Socken? Hast du wieder meine Socken angehabt?«

John zuckte sichtlich zusammen, sagte aber kein Wort. Statt dessen stand er auf, ging zum Tonbandgerät und ließ es abspielen. Alle Anwesenden hörten die Worte: »Wo sind meine verdammten Socken? Hast du wieder meine Socken angehabt?«, die auf einem flackernden

Lichtband quer durch das Zimmer getreulich übermittelt worden waren. »Es funktioniert«, sagte er.

Johns Vater sagte nichts mehr und machte auf dem Absatz kehrt, überzeugt, daß man ihn nachgeäfft hatte. Als er fort war, sank John, von Schwermut überwältigt, zu Boden. »Warum spricht er so mit mir?« sagte er und versuchte sein Gesicht zu verbergen. »Manchmal könnte ich ihn umbringen.«

»Laß uns einen Spaziergang machen«, sagte Bennett. »Es regnet«, sagte John. »Aber nicht sehr stark«, sagte Bennett, »laß uns gehen.« Er gab John einen leichten Klaps auf die Schulter, und sie traten durch die Küchentür hinaus in die Nässe. Trotz des Regens konnten sie den süßen Duft des blühenden Geißblatts riechen, das sich an den weißen Holzzäunen hochrankte. Wortlos stapften sie eine Meile vor sich hin, bloß die geißblattgeschwängerte Luft einatmend, bis sie völlig durchnäßt waren. Schließlich blieben sie unter einem Laternenpfahl in der Nähe von Johns Haus stehen. »Es hat funktioniert«, sagte Bennett und lächelte. »Ja«, sagte John, »es hat funktioniert.«

Einen Monat später reichten sie ihre Erfindung zum Kreiswettbewerb »Jugend forscht« ein. Am Tag vor der Beurteilung – und nach etlichen Probeläufen mit einem Abstand von bis zu fünfzig Fuß zwischen Sprecher und Hörer – ging etwas kaputt. Aus dem Empfänger kam kein Ton mehr. Nicht mal John vermochte herauszufinden, woran es lag. Völlig niedergeschlagen ging Bennett nach Hause und wollte während der nächsten vierundzwanzig Stunden sein Zimmer nicht verlassen. Einen Tag später rief John an und sagte, er habe ihre defekte Apparatur frühmorgens zum Wettbewerb gebracht und den Sender heimlich durch einen unter dem Tisch verborgenen Draht mit dem Empfänger verbunden. Bennett verschlug es den Atem. Die Preisrichter hatten sich täuschen lassen und ihnen den ersten Preis zuerkannt.

Johns andere Leidenschaft war der Rock and Roll. Im Laufe der Zeit hatte er sich mit Geld von seinen Großeltern liebevoll die tollste High-Fidelity-Stereoanlage der ganzen Stadt zusammengebaut, direkt in seinem eigenen Zimmer, mit Komponenten, die er sich per Post von Heathkit kommen ließ. Er hatte seine eigenen Testgeräte. Wenn Teile nicht die Ansprüche erfüllten, schickte er sie mit einem ungehaltenen Begleitschreiben zurück: »Sehr geehrte Damen und Herren, was muß man heutzutage erleben? Lesen Sie die Frequenzangaben für Ihren Hochtonlautsprecher und vergleichen Sie das mit der Realität. Glauben Sie es mit einem Schüler zu tun zu haben?« Bennett las Johns Briefe und bewunderte dessen selbstsicheres Auftreten, in der Schule sagte er manchmal, er sei John Lerners bester Freund.

Auch Bennett liebte den Rock and Roll, und sein größtes Glück bestand darin, eine Stones-Platte aufzulegen und unter dem Plattenspieler zu liegen, der in Johns Zimmer an der Decke hing. Anders John. Nachdem er die tollste Stereoanlage der ganzen Stadt gebaut hatte, mußte er die Künstler live hören. »Du mußt ihre Gesichter sehen, guter Benito«, sagte er. »Aber auf deiner Anlage ist der Sound doch viel besser«, protestierte Bennett. »Wozu hast du dir die ganze Mühe gemacht?« John erwiderte nichts. »In den Clubs hörst du die hohen Bereiche doch gar nicht«, wandte Bennett zutreffend ein. »Wir gehen aus«, sagte John. Und irgendwie konnte er Bennett dazu überreden, sich selbst an Abenden, auf die ein normaler Schultag folgte, gegen alle Vorschriften nach der Schlafenszeit mit ihm zu verkrümeln, um ins Stadtzentrum zu fahren und die Gesichter der Musiker zu beobachten.

Bennetts Schlafzimmer lag im ersten Stock des Hauses, am Ende eines langen Korridors. Am anderen Ende war eine Abstellkammer. Glücklicherweise ragten die Äste des Hickorybaums bis vor das Dachfenster seines Zimmers. Wenn er mit John seine heimlichen Ausflüge machte, wartete er, nachdem unten, wo seine Eltern und seine Brüder schliefen, die Lichter ausgegangen waren, noch eine halbe Stunde und kroch dann aufs Dach, um von dort über die Äste des Hickorybaums zu Boden zu klettern, erstaunt und beunruhigt über die eigene Kühnheit. John erwartete ihn im Dunkel am Ende der Auffahrt, und sie gingen die Straße hinunter und nahmen den Bus von der Poplar Avenue in die Stadt. Sie mußten den ganzen Weg bis zur Poplar und Goodlett laufen, weil die Busse abends nicht mehr bis in den Osten von Memphis fuhren. Es war ein sonderbares Gefühl, wenn sie schließlich in den Bus stiegen. Sie waren die einzigen Weißen, abgesehen vom Fahrer, und die Schwarzen saßen immer noch zusammengedrängt im hinteren Teil des Busses, obwohl die nach Rassen getrennte Sitzordnung schon seit Jahren gesetzlich aufgehoben war.

In der Stadt hörten die Jungen im »Club Paradise« Jerry Lee Lewis *Great Balls of Fire* singen, Tommy Burke and the Counts spielten im »Roaring Sixties« *Stormy Weather*, Rufus Thomas röhrte *Walking the Dog* und *Bear Cat*. Das war Memphis. Hin und wieder hörten sie Booker T. and the M.G.s. Booker T. spielte in seiner vierköpfigen Gruppe selbst die Keyboards, und er sah eher wie ein Gelehrter als wie ein Musiker aus. Gelegentlich war es Rythm and Blues, aber meist Rock and Roll.

Manchmal stiegen die Jungen beim Popular-Union-Viadukt aus dem Bus, gingen in ein Kaffeehaus namens »Bitter Lemon« und lauschten den Guilloteens. Die Guilloteens sangen frühe Stücke der Beatles und der Stones, aber sie hatten den Memphis-Sound. Und sie hatten ein paar eigene Titel wie *I Don't Believe*. Sie verfügten über eine zwölfsaitige Guitarre, einen Baß und ein Schlagzeug.

Wenn die Jungen ins »Bitter Lemon« kamen, gab es meist keine Sitzplätze mehr, und so konnten sie nur stehen, gegen das Glasfenster neben dem Eingang gepreßt. Das Lokal war winzig, nicht viel größer als Bennetts Zimmer, mit nur sechs oder sieben Tischen, und die Musik war so nah und so laut, daß man die Coca Cola in seinem Glas zittern sah. Aber es war guter Rock and Roll. John schlängelte sich durch, bis er die Musiker zu sehen bekam. Wenn dann das erste Set vorbei war, machte er die Augen zu und lauschte nur noch. Bennett machte es genauso. Mit der Zeit begriff er die Gesichter.

Im Sommer war es in Memphis so drückend und heiß, daß Bennett schon nach fünf Minuten im Freien das Gefühl hatte, daß es in seinen Kleidern regnete. Viele verließen ihre klimatisierten Häuser um keinen Preis, solange die Sonne am Himmel stand. An den schwülsten Tagen fuhren Bennett und John mit dem Fahrrad zum McKellar Lake. Der McKellar floß westlich von Memphis in den Mississippi. Damals, als die großen Chemieunternehmen ihre Abwässer noch nicht massenhaft in den See leiteten, war der McKellar sauber, und die beiden Freunde zogen sich bis auf die Unterhose aus und schwammen hinüber zu einer kleinen Insel in der Mitte des Sees. »He, guter Benito, wer ist der erste?« sagte John, fuchtelte mit den Armen, streckte seine eingesunkene weiße Brust heraus und sprang in den See. Bennett war immer als erster auf der Insel. Er war viel kräftiger als John. Aber jedesmal, wenn die beiden an den See kamen, forderte John ihn erneut heraus: »He, guter Benito, wer ist der erste?« Das gefiel Bennett an ihm.

Oft nahmen sie sich Butterbrote mit, in Plastiktüten verpackt, die sie sich an die Hüfte schnallten. Nach dem Imbiß legten sie sich dann in den Schatten eines Baums auf der Insel. Sie sprachen nicht viel, wenn sie im Schatten dieses Ahorns unter dem trüben Sommerhimmel lagen. Meist fragten sie sich gegenseitig wissenschaftliche Fakten ab. »Wie groß ist der Umfang der Erde?« fragte Bennett. »Vierundzwanzigtausend Meilen. Wie groß ist die Entfernung zum nächsten Stern?« fragte John. »Vierundzwanzig Billionen Meilen. Welches ist die kälteste mögliche Temperatur?« »Minus zweihundertdreiundsiebzig Grad Celsius.« Es war eine Welt der Gewißheit und der Logik, und sie schwelgten in ihrem Wissen.

Sie schworen einander, für den Rest des Lebens, egal wo sie wohnen würden, Freunde zu bleiben und sich jeden Sommer wieder an diesem Ort zu treffen, um unter dem Ahorn zu liegen und die weißen Hügel und das Wasser zu betrachten und die drückende Hitze von Memphis zu spüren.

Oft sagten sie gar nichts. Sie lagen einfach im Schatten des Ahorns und fühlten sich geborgen. Gelegentlich hörten sie die fernen Stimmen von Leuten, die auf einem Segelboot vorbeifuhren, aber bald verklangen die Stimmen und wurden von der dichten Sommerluft verschluckt. Die Insel war still wie Watte, und die Stunden vergingen, als gäbe es keine Zeit.

Nachdem sie die Schule beendet und von Memphis fortgegangen waren, schrieb Bennett John rund zehn

Jahre lang zweimal im Jahr. John schrieb selten zurück. Schließlich stellte Bennett das Schreiben ein. Gelegentlich erfuhr er durch Johns Mutter etwas über seinen Freund. John studierte in North Carolina, danach lebte er in Los Angeles, Chicago, Palo Alto. Er wurde Elektroingenieur, machte eine eigene Firma auf und hatte Erfolg. John lebte sein ganzes Leben in der Wissenschaft. Bennett desgleichen, eine Zeitlang.

NACH DEM RAKETENSTART auf dem Galloway-Golfplatz begann Bennett zu begreifen, daß ihm eher die Theorie als das Experimentieren lag. Bennett grübelte über die Dinge nach. Er war ein Grübler. Er fragte sich, warum der Himmel sich am Ende des Tages rötete. Er fragte sich, warum Seifenblasen nahezu vollendete Kugeln bildeten und warum Schneeflokken immer sechs Kanten hatten. Er fragte sich, warum ein halb eingetauchter Löffel geknickt zu sein schien und warum Kreide quietschte. Er fragte sich, warum ein rotierender Kreisel nicht umkippte, sondern statt dessen im Kreis wanderte. Er fragte sich, warum die Sonne nicht verbrannte und ob das Weltall unendlich war. Er fragte sich, warum Wolken sich hoch in den Lüften bildeten und nicht am Boden. Er fragte sich, wie der Saft in den Bäumen gegen alle Schwerkraft aufsteigen konnte, wie Regenbögen entstanden, woher die dunklen Linien auf der Oberfläche kamen, wenn Wasser in eine Schale geschüttet wurde. Er fragte sich, warum es oben im Haus gewöhnlich wärmer war als unten.

Bennett liegt am späten Nachmittag auf seinem Bett. Warum muß ein fokussierender Spiegel parabolisch geformt sein? Warum geht es nicht mit einem sphärischen oder einem flachen Spiegel? Warum? Es gibt einen logischen Grund. Er muß ihn herausbekommen. Er schließt die Augen und stellt sich verschiedene Formen vor, malt sich die Bahnen von Lichtstrahlen aus. Mit Silber überzogenes Glas, das sich krümmt. Verschiedene Winkel. Reihen von imaginären Geraden, senkrecht zur Oberfläche, die sich wellenförmig durchs All bewegt. »Bennett, was machst du da oben?« Gelbe und goldene Lichtstrahlen, die um verschiedene Winkelbeträge gegen die Senkrechten schwanken, unter dem gleichen Winkel zurückgeworfen werden, wieder ins All enteilen, poliertes Glas, das sich biegt und wellt. »Bennett, du hockst zu lange auf deinem Zimmer. Komm runter.« Von allen möglichen Formen eine. Eine Parabel, ein Bogen, bei dem jeder Punkt gleich weit von einer Leitlinie und einem Brennpunkt entfernt ist. Die hypothetischen Lichtstrahlen eilen herbei, werden sichtbar, laufen auf einen Punkt zu, konvergieren in einem Brennpunkt. Glas, das sanft durchs All rauscht. Er muß herausbekommen, warum.

Die Welt bog sich in ihren Gelenken, als Bennett seinen ersten Algebraunterricht erhielt. Er war dreizehn. Es fing an mit Textaufgaben, verbalen Anwendungen der Regeln der Arithmetik. »Mary hat drei Pfennige. Wenn sie ihrem kleinen Bruder Henry zwei Pfennige gibt, wie viele bleiben ihr dann?« Irgendwann im Oktober ging man zu Beispielen über, die mehr Nachdenken erforderten, wie dieses: »Mary ist sechs Jahre älter als Henry, und Henrys Alter beträgt zwei Drittel des Alters von Mary. Wie alt ist Henry?« Das Rätsel mußte durch Versuch und Irrtum gelöst werden. Schließlich wurde Bennett beigebracht, wie man die Unbekannten eines Problems durch *x* und *y* ausdrückt und alles in Gleichungen darstellt. Mit Hilfe der Regeln der Algebra konnten die Unbekannten in einem einzigen logischen Schritt aufgelöst werden. Was mit einer verworrenen Aussage über Mary und ihren kleinen Bruder Henry begann, endete mit einer einzigen eleganten Gleichung.

Bennett wäre nicht glücklich gewesen, wären Mary und Henry nicht ins Spiel gebracht worden. Ein Problem wie das folgende war etwas für den reinen Mathematiker: »Betrachte ein Objekt A, das sechs Einheiten größer ist als Objekt B, während die Größe von Objekt B zwei Drittel derjenigen von A beträgt.«

Nein, Bennett war ein Wissenschaftler, und er wollte im Dreck und Schutt der realen physikalischen Welt beginnen. Es machte ihm Spaß, diese Welt zu sieben, sie zu destillieren, zu reinigen und zu läutern, bis er nur noch eine einzige mathematische Gleichung mit einer unausweichlichen Lösung hatte.

In amerikanischer Geschichte diskutierte die Klasse auch noch nach der Lektüre des Geschichtsbuches tagelang über die Frage, weshalb der Sezessionskrieg ausgebrochen war. Sogar der Lehrer beteiligte sich daran, indem er erst einen, dann einen anderen Grund nannte, während er zwischen den Tischen auf und ab ging. Bennett zog daraus den Schluß, daß kein Mensch auf der Welt wußte, weshalb der Sezessionskrieg ausgebrochen war. In Englisch und Sozialkunde war es genauso. Doch mit der Algebra war es anders. Dort gab es immer eine Antwort, sauber wie ein neuer Franklin-Halbdollar. Die Regeln der Logik garantierten eine Antwort. Und wenn man die gefunden hatte, war jeder Streit darüber ausgeschlossen. Man hatte recht, und alle waren sich einig, daß man recht hatte.

Er wußte noch alles von diesem Algebraunterricht. Mrs. Dixon hatte graue und weiße Haare, die sie zu einem Scheitelknoten zusammensteckte. Sie trug Klei-

der mit großen bunten Blumen darauf. Der Fußboden war aus Linoleum und sah aus wie ein riesiges Schachbrett mit schwarzen und weißen Quadraten. Links neben der Tür war ein Garderobenraum mit Messinghaken an der Wand. Wer sich im Unterricht schlecht betrug, wurde in den Garderobenraum geschickt, und alle konnten bald darauf hören, wie er die Jacken der anderen anprobierte. Über der Mitte der Tafel hing, wie ein Auge, eine große rote Uhr, die die Klasse daran erinnerte, wie viele Minuten noch blieben. Die Tische hatten eine schwenkbare Platte mit einer Rille für Bleistifte. Mrs. Dixon verlangte, daß jeder Schüler ständig einen frisch gespitzten Bleistift in der Rille liegen hatte. Die Schüler durften aus keinem Grund, die Toilette eingeschlossen, von ihren Tischen aufstehen, außer um ihren Bleistift hinten im Klassenzimmer anzuspitzen.
Wenn sie ein neues Verfahren der höheren Mathematik durchgenommen hatten, konnte Bennett es gar nicht abwarten, darüber nach der Schule mit John zu diskutieren. John wurde dann ungeduldig und sagte: »Jaja, ich kenn den Kram«, um das Gespräch auf ein präpariertes Tintenfischauge oder eine elektrische Schaltung zu bringen, an der er arbeitete.

Es ist früher Morgen, vor dem Frühstück. Bennett steht im Schlafanzug in seinem Zimmer und schaut gelangweilt aus dem Fenster zum benachbarten Haus der Taglias hinüber. Ein Zaun aus Kiefernholz trennt die beiden Häuser. Am Zaun entlang wachsen Magnolien. Doch von seinem Fenster im ersten Stock aus kann Bennett über die Magnolien, über den Zaun hinwegschauen, und er sieht, wie der verhutzelte alte Mann die Auffahrt hinuntergeht, um die Morgenzeitung zu holen. Der alte Mann, der Großvater, spricht kein Englisch. Manchmal murmelt er etwas auf italienisch vor sich hin. Sein Körper ist beim Gehen nach links geneigt, und er hebt bedächtig Fuß um Fuß, als klebten sie im Asphalt. Er ist ein winziger, dürrer Kerl, und er humpelt jeden Morgen bedächtig die ahornbestandene Auffahrt hinunter, um die Zeitung zu holen. Heute ist es schön, aber der alte Mann geht bei jedem Wetter. Bennett beobachtet ihn seit Jahren. Bennett schätzt die Länge der Auffahrt ab und stoppt mit seiner Armbanduhr die Zeit, die der alte Mann für den Gang benötigt, und er rechnet aus, wie lange er brauchen würde, um zum Mond zu gehen.

Bennetts Klassenkameraden haßten Textaufgaben. Im Grunde haßten sie die Mathematik insgesamt, aber was Textaufgaben anging, so hätten sie sich lieber einen Zahn füllen lassen, als sich hinzusetzen und eine zu lösen. Bennett dagegen stellte Textaufgaben auf dieselbe Stufe wie Floridas Pekannußkuchen. Textaufgaben waren etwas Köstliches. Er verschlang sie. Er brachte die verblüffte Mrs. Dixon dazu, ihm über die Hausaufgaben hinaus noch zusätzliche Aufgaben zu stellen, und als sie keine mehr parat hatte, dachte er sich selbst welche aus. Nach der Schule, wenn die anderen Jungen Basketball spielten oder hinter dem Rexall-Drugstore herumlungerten, um zu rauchen und über Mädchen zu reden, ging Bennett heim und in sein Zimmer hinauf, um Textaufgaben zu lösen. Seine Mutter kam aus ihrem Schlafzimmer, wo sie sich ausgeruht hatte, und stand in ihrem blaßgelben Morgenrock am Fuß der Treppe. »Bennett, was machst du da oben?« rief sie in freundlichem Ton zu ihm hinauf. »Nichts«, antwortete er. Darauf hörte er ein Gewisper, und Marty oder Philip kam die Treppe bis zur halben Höhe heraufgestiegen und wiederholte, was ihm gesagt worden war: »Bennett, was machst du in deinem Zimmer?« »Masturbieren«, gab Bennett zurück, »komm bloß nicht rauf.« Kurz darauf meldete sich seine Mutter wieder: »Sammy Abrams ist so ein netter Junge. Er hat dich eingeladen, zum Spielen zu ihm rüberzukommen.« »Ich mag Sammy Abrams nicht«, erwiderte Bennett durch die geschlossene Tür. »Und wie steht's mit Michael Solmson?« fuhr seine Mutter fort. »Er ist ein prima Junge.« »Ich mag Michael Solmson nicht«, antwortete Bennett. Darauf wieder seine Mutter: »Du wirst unglücklich werden, ohne Freunde. Genau wie Onkel Maury.«

Bennett begriff auch nicht, wieso seine Mutter ihn egoistisch nannte, weil er in seinem Zimmer blieb. Damals und noch viele Jahre später brachte ihn vieles, was die Leute sagten, völlig durcheinander. Einmal im Herbst – sein wöchentliches Taschengeld war gerade um fünfundzwanzig Cent gekürzt worden – erklärte ihm seine Mutter, da das Familienunternehmen so gut laufe, sei es nun angebracht, Geld zu sparen, statt es auszugeben. Bei anderer Gelegenheit verkündete Bennetts Cousine Laura, die Anfang zwanzig war, sie werde sich von ihrem Freund trennen, weil sie ihn zu sehr liebe. Konnte das ihr Ernst sein? Bennett lernte, seine Verwirrung zu verbergen und einfach zu nicken. Anschließend ging er auf sein Zimmer und löste Textaufgaben. Nach seiner Meinung sollten alle lernen, Textaufgaben zu lösen.

Ein Uhr in der Nacht. Der alte Taglia geht um diese Zeit spazieren, unbeobachtet, sein Haus ist dunkel und schläft. Langsam humpelt er im Mondschein herum. Da ist noch ein Licht. Er schaut nach links hinauf, zum Fenster im ersten Stock. *»Che diavolo, ci risiamo«*, murmelt er und geht weiter die Auffahrt hinunter.

Bennett setzt sich an seinen Eichenschreibtisch. Sie sind so schön, diese Gleichungen. Sogar optisch schön, aber besonders schön im geistigen Sinne. Ihre Präzision und ihre Kraft sind schön, und wenn er beginnt, eine Gleichung zu verstehen, bekommt er dasselbe Gefühl, wie wenn er den Mond über den Bäumen aufgehen sieht. In seiner Seele ist es dunkel und still, und dann beginnen die Baumwipfel auf der gegenüberliegenden Seite der Bucht ein wenig zu glühen, weiß und sanft, und das Weiß wird heller, läßt die Umrisse der Bäume hervortreten, und schließlich wird ein kleines Stück des Mondes sichtbar, und die Mathematik tut sich auf, umfaßt das alles und scheint in Vollendung. Es ist ein Uhr früh, aber er ist nicht müde. Er gewinnt Kraft aus sich selbst. Er braucht nicht in die Bibliothek zu gehen, er braucht keine anderen Schüler oder Erwachsene um Information oder Hilfe zu bitten. Er kann hier in seinem Zimmer allein sein, mit der schönen Mathematik und dem Mond, und selbst etwas herausbekommen. Er kann nackt an seinem Eichenschreibtisch sitzen mit dem reinen, weißen Papier und in der absoluten Gewißheit, in Einsamkeit und Vollendung arbeiten. In seiner Vorstellung durch die Welt schwebend, macht er sich nichts aus seinem kleinen Wuchs oder seinen Pickeln, seinen Problemen mit dem Reden oder seiner Verwirrung über das, was die Leute sagen. Es ist eine körperliche Welt. Es ist eine Welt der klaren Logik und der Anmut. Es ist der beste Teil der Einsamkeit, ohne die Traurigkeit.

DER EIGENTLICHE GRUND, warum es Onkel Maury schlecht ging, war, daß er ständig verschuldet war. Er war spielsüchtig.

Als er in Nashville in die unteren Klassen der High School ging, warf Maury in den Pausen mit den anderen Jungen Münzen. In den höheren Klassen der High School spielte er Poker. Draw Poker mit fünf Karten, und der höchste Einsatz betrug zehn Cent. Selbst bei dieser Begrenzung des Einsatzes konnte er an einem Samstagabend zehn Dollar gewinnen oder verlieren. Das war für einen mickrigen Jugendlichen Mitte der dreißiger Jahre eine Menge Geld. Er begann auf Basketballspiele, Windhundrennen und den Ausgang von Wahlen zu wetten, auf alles, was nach Geld und Risiko roch. Nachdem er vom College abgehen mußte, weil er Geld geborgt und seine Studienhilfe verspielt hatte, wechselte er von einem Job in den anderen, bis seine Schwester Bennetts Vater heiratete. Da zog er nach Memphis, um im Familienunternehmen einzusteigen, einem großen Bekleidungsgeschäft, das Bennetts Großvater gegründet hatte.

Maury wohnte allein in einer Maisonnettewohnung am West Galloway Drive, für die Bennetts Eltern stillschweigend die Miete überwiesen. Er ging selten aus. Er fürchtete sich, die Wohnung zu verlassen. Eigentlich hatte er einen Schreibtisch im Geschäftskontor an der Ecke Madison und Highland Street, und er bezog ein regelmäßiges Gehalt, doch zur Arbeit erschien er kaum.

Maurys Gehalt deckte seine Ausgaben nicht. Alle paar Wochen erhielt Bennetts Mutter von ihm einen Brief mit der Bitte um ein Darlehen. Er wohnte nur ein paar Meilen entfernt, aber wenn er um Geld bat, benutzte er die Post. Bennett erkannte die rückwärtsgeneigte Handschrift seines Onkels, wenn er den Briefkasten an der Grundstückseinfahrt leerte.

Maury lud seinen Neffen einmal die Woche, am Samstagabend, zu sich ein, um rauszukriegen, wie es um seine Chancen bestellt war. Manchmal ging es um ein Hunderennen, manchmal um ein neues Kartenspiel. Bennett fuhr mit dem Fahrrad hin. Sie räumten die Kleider von der Couch.

»Ist deine Mutter böse auf mich?« fragte Maury stets, wenn Bennett eintrat. Maury blickte so bescheiden und ehrlich drein wie eine frisch geschälte Frucht. »Nein«, antwortete Bennett. Maury stieß einen Seufzer aus und lehnte sich auf der Couch zurück, wobei er mit einer Hand seine kahle Stelle auf dem Kopf zuhielt. Dann erzählte er Geschichten. Er erzählte von seinem Großvater, der aus Rußland gekommen war und dem man an seinem ersten Tag in New York sein einziges Paar Schuhe geraubt hatte. Er erzählte von den Frauen, die er gern geheiratet hätte. Manchmal sprach er davon, wie lukrativ das Geschäft der Langs früher gewesen war, vor seiner Zeit, als sie bloß zwei Räume am Parkway in der Nähe des Parkway-Hotels hatten und täglich zwölf Stunden in Hemdsärmeln da waren, um Hüte und Hosen zu verkaufen. Er hatte Bilder von Bennetts Großvater und Vater und Onkel Malcolm in dem alten Gebäude gesehen. Maury empfand ungeheure Bewunderung für Bennetts Großvater, den Vater seines Vaters, einen Selfmademan, der den Laden Mitte der dreißiger Jahre aus eigener Kraft eröffnet hatte, einen Mann, der stets überzeugt war, daß es gut für ihn ausgehen werde, und der dafür sorgte, daß es das auch tat. Wenn Bennetts Großvater einen Raum betrat, dann war – so Maurys Darstellung – sein Erfolg für die Leute atmosphärisch spürbar, und sie verstummten und warte-

ten darauf, daß er etwas sagte. Das einzige, was Bennett von seinem Großvater kannte, war, abgesehen von Maurys Geschichten, das riesige ovale Foto von ihm im Wohnzimmer.
Wenn Maury einige Geschichten erzählt hatte, stellte er seinem Neffen eine neue Aufgabe in Wahrscheinlichkeitstheorie. Bennett rechnete eine Weile und gab seinem Onkel eine Antwort. Tief Luft holend, studierte Maury die Zahlen, wiegte bedächtig den Kopf und sagte: »Das ist sehr interessant, Bennett, man kann in diesen Dingen gar nicht vorsichtig genug sein, und es sind erhebliche analytische Kräfte im Spiel.«
Soweit Bennett festzustellen vermochte, hielt Maury sich beim Wetten nicht an die Zahlen. Er hätte sonst nicht annähernd so schnell so viel verlieren können, wie er es tatsächlich tat. Doch stets nickte er bedächtig und sagte: »Das ist sehr interessant, Bennett.« Dann stand er auf, versuchte, sich durch das Zimmer einen Weg zum Telefon zu bahnen.
Maurys Wohnung war ständig mit Kisten vollgestopft, so als wäre er dauernd am Umziehen. Fast mannshoch stapelten sich die Kisten in den Zimmern, auf dem Gang, sogar im Bad. Nur auf einem schmalen gewundenen Pfad gelangte man zwischen ihnen hindurch von einem Zimmer ins andere. Über die Kisten

und Stühle drapiert lagen Kleidungsstücke. Der Küchenfußboden ging unter in einem Meer aus grünem Glas, denn leere Cola-Flaschen – es mochten einige tausend sein – bedeckten aufrecht stehend jeden Quadratzoll Linoleum. Aber Maury benötigte seine Küche nicht. Er ließ sich Pizza ins Haus bringen, wie sein Hängebauch bewies. Oft brachten ihn schon die drei Stufen zu seiner Vordertür ins Schnaufen.

Maury kam mit einem hoffnungsvollen Blick vom Telefon zurück, mit einer Hand die kahle Stelle schützend, und setzte sich auf die Couch. »Hat der Kerl im Lesesaal sich wieder über dich lustig gemacht?« Bennett schüttelte den Kopf. »Wenn er dich belästigt, sagst du's mir«, verlangte Maury. »Du sagst es mir, ja? Dem rück ich das Gestell zurecht.« »Im Augenblick ist es in Ordnung«, sagte Bennett. »Gut«, sagte Maury. »Aber falls er dich noch mal belästigt, rück ich ihn gerade. Was nehmt ihr gerade in Naturkunde durch?« »Die Zellen«, sagte Bennett. »Das ist prima«, sagte Maury, »das ist prima.« Bennett nickte und lächelte.

Maury ging noch einmal hinaus und kam mit zwei Cola zurück, die er irgendwie aus dem Kühlschrank herausgeholt hatte, und sie saßen da und tranken und lauschten Maurys altem Radio der Marke »Zenith«.

Nach einer Weile fragte Maury Bennett nochmals, ob seine Mutter böse auf ihn sei. Bennett sagte erneut nein. Schließlich stand Maury auf und erklärte Bennett, er müsse aus dem Haus und jemanden treffen.

ES IST EIN HEISSER Maiabend, und Bennett liegt im Schlafanzug auf dem Bett. Er greift in die Nachttischschublade und holt die Zigarrenkiste mit den Fotos heraus. Es sind Bilder von Sidney, seinem Vater, Bennett kennt sie gut. Auf dem ersten ist Sidney ungefähr zehn Jahre alt und steht mit seinen Eltern vor der Veranda eines Hauses. Sidney trägt Knickerbocker und starrt ängstlich auf einen schwarzgefleckten Hund. Auf einem anderen schlendern Sidney und Bennetts Mutter einen Strand entlang. Sie sind jung, Anfang zwanzig, bevor Bennett geboren wurde, und Sidneys Brust ist entblößt, und er lächelt und wirkt selbstsicher und hält seine junge Braut fest bei der Hand. Auf einem anderen hat Sidney seine Marineuniform an. Er trägt einen flotten Scheitel, und die Uniform sitzt wie angegossen. Dann wieder sitzt er auf der Kante eines Bettes, sein Haar ist zerzaust, und er spielt Gitarre.

Bennett hält jedes Foto unter die Nachttischlampe,

studiert den Ausdruck seines Vaters, studiert seine Augen und seine Hände, aber besonders seine Augen. Dann sammelt er die Fotos ein und legt sie zurück in die Zigarrenkiste und die Schublade.

Bennett kennt den Mann unten nicht, der sich als sein Vater verkleidet hat. Wenn Sidney nach der Arbeit zur Haustür hereinkommt, murmelt er »hallo«, den Blick zu Boden gerichtet, und das ist oft den ganzen Abend lang das einzige Wort aus seinem Mund. Wenn er ein Zimmer verläßt, dreht er das Licht aus, gleichgültig, ob seine Frau oder einer der Söhne dort am Lesen ist, jemand Monopoly spielt oder Klavier übt. Er hat seinen Sessel und sein Abendessen und sein Bett. An Thanksgiving, wenn Bennetts Onkels, Tanten, Vettern und Cousinen zu Besuch kommen und sich redend und lachend und trinkend im Familienzimmer drängen, geht Sidney still zu dem roten Queen-Anne-Sessel in der Ecke – nicht sein Lieblingssessel, aber ähnlich –, greift zu seinem Buch und liest, als wäre der Raum menschenleer.

Nach vielen Jahren haben Bennett und seine Brüder aufgehört, diesen Mann wahrzunehmen, so wie auch er sie nicht wahrnimmt. Wenn sie auf dem Flur an ihm vorbeikommen oder sich gerade im selben Raum mit ihm aufhalten, sehen sie ihn nicht mehr. Doch der

Mann auf den Fotos ist nicht unsichtbar. Bennetts Vater ist auf den Fotos.

Als er die Zigarrenkiste weglegt, hört Bennett ein Auto unten in der Auffahrt, mit dem seine Mutter abgeholt wird. Es ist Hubert Simon. Mister Simon führt Bennetts Mutter zum Tanzen in den »Dixie Blue Club« aus, eines der Lokale, wo sie den Cotton Carnival feiern. Der Karneval ist seit vier Tagen im Gange. Bennetts Mutter geht in der Karnevalswoche jeden Abend tanzen, so wie es ihre Mutter vor langer Zeit getan hat. Das ganze Jahr über freut sie sich auf diese besondere Woche im Mai. Sie liebt es, sich zu kostümieren, zu tanzen und zu schauen, wer da ist. Sie versucht erst gar nicht, Sidney dazu zu bewegen, mit ihr auszugehen. Sie geht fast alle Jahre mit Hubert Simon. »Wie gefällt dir mein Kostüm?« fragt sie, als sie ins Wohnzimmer rauscht, wo Sidney in seinem Sessel sitzt. Von seinem Zimmer im ersten Stock aus kann Bennett sie hören, und er kann sich vorstellen, was er nicht hört. »Ich finde es phantastisch«, gibt sie sich selbst fröhlich zur Antwort und geht zum Spiegel in der Diele, um ihre Frisur zu richten. »Hoffentlich schwitze ich nicht«, sagt sie etwas schleppend und schaut nach, ob sie unter den Achseln schon feucht ist. »Ich bin gespannt, was Betty tragen wird. Letztes Jahr ging sie als

Leopard. Ich wünschte, du hättest sie gesehen. Das war typisch sie. Echt sie.« Bennetts Mutter macht sich noch immer an ihrer Frisur zu schaffen. Da kommt Hubert Simons Auto die Auffahrt herauf und hupt einmal, höflich, wartet mit eingeschalteten Scheinwerfern, deren Licht auf den Stamm des Hickorybaums fällt. Bennetts Mutter gibt Sidney einen Kuß auf die Wange, er lächelt kurz, und sie tritt aus der Haustür hinaus in die drückende, warme Luft.

Bennett hört zweimal die Autotür aufgehen und zuschlagen, und er macht die Lampe in seinem Schlafzimmer aus und fragt sich, ob seine Mutter Sidney vermißt, wenn sie tanzen geht, und ob sie Hubert Simon liebt.

BENNETTS MUTTER MOCHTE über Onkel Maury noch so aufgebracht sein – trotzdem lud sie ihn alle paar Wochen zum Essen ein. Er kam immer mit einem großen Sortiment von Werkzeugen, das er sich um den Bauch geschnallt hatte: einem Hammer, verschiedenen Schraubenziehern, Zangen, einer Bohrmaschine, Meißeln, Bohrern, Schraubenschlüsseln. Maury war ein Reparierer, und wenn er zum Essen kam, bestand er darauf, alles zu reparieren, was kaputt war. Bennett war dann Maurys Assistent. Ebenso wie sein Onkel empfand er eine heftige Freude am Reparieren, wenn es nicht sogar ein Drang war: Bei Maury zu Hause mußte praktisch alles repariert werden. Die Lampen waren ständig außer Funktion, im Bad schoß das Wasser aus dem Hahn über den Rand des Waschbeckens, und an der Stereoanlage ging, wenn sie nicht gerade beim Pfandleiher war, nur ein Lautsprecher. Wenn Maury zu Bennett nach Hause kam, war er auf Reparieren eingestellt, und er tat es auch. Schwerfällig schritt er durch die Küche, wobei sein Werkzeug laut klapperte, und er sagte zu Bennett: »Das kriegen wir hin.«

Florida machte einen großen Bogen um Maury. Einmal reparierte er die Waschmaschine derart, daß er den Schleudergang ruinierte. Wochenlang mußte Florida die Sachen per Hand auswringen, ehe sie in den Trockner kamen. Dann rief sie einen Kundendienstmann von Maytag. Nach der Episode mit der Waschmaschine stellte Florida, sobald Maury in die Küche kam, ihren beachtlichen Körper zwischen ihn und die Geräte, so wie andere einem Vampir ein Kreuz entgegenhielten. »Der Kühlschrank macht wieder dieses komische Geräusch«, sagte Maury zu Florida und begann, einen seiner Schraubenschlüssel hervorzuholen. »Sie verlassen auf der Stelle diese Küche, Mister Maury«, entgegnete Florida streng, den Rücken gegen den Kühlschrank gelehnt. »Sie werden diesen Kühlschrank nicht untersuchen, und er wird Sie nicht untersuchen.«

Onkel Maury brauchte kaum zehn Minuten im Haus zu sein, und schon kamen Anrufe für ihn. Offenbar wußten seine Geschäftsfreunde Bescheid, wann immer er von West Galloway zu einem seiner seltenen Ausflüge aufbrach, und riefen an, sobald er irgendwo gelandet war. Maury unterbrach dann seine Reparaturtätigkeit, nahm den Hörer und schrieb Dinge in sein Notizbuch, das er immer bei sich hatte. Während des Essens ließ er Florida Nachrichten für ihn entgegennehmen, eine Unannehmlichkeit, die ihr sehr viel lieber war, als wenn Maury selbst in die Küche kam.

Maury trug zwar viele Werkzeuge bei sich, aber gewöhnlich fehlte genau das, welches er benötigte. Doch er war ein Genie der Improvisation. Einmal beobachtete Bennett, wie er im Fernseher eine elektrische Verbindung dadurch wiederherstellte, daß er Lötmetall mit dem heißen Feuerhaken vom Kamin zum Schmelzen brachte. Ein anderes Mal benutzte er seine Gürtelschnalle, um die Kette am Spülkasten der Gästetoilette in Ordnung zu bringen. Auf seine Erfindungen war er furchtbar stolz. Wenn er sich mit einem speziellen selbstgebastelten Werkzeug unter ein undichtes Spülbecken oder eine Toilette legte, sagte er: »Jetzt zeigen wir denen mal, was Sache ist, Bennett. Das kriegen wir schon hin.« Dann vergaß er seine kahle Stelle und packte mit beiden Händen zu.

Man überließ es Bennett, Onkel Maury zu sagen, was repariert werden mußte. Aus irgendeinem Grund, den Bennett nicht herausbekam, schienen die kleinen

Gefälligkeiten des Onkels seine Mutter zu irritieren. Wenn Maury mit seinen Werkzeugen herumhantierte, zog sie mit ihren Telefonanrufen, ihrer Musik oder ihren Schreibarbeiten ständig um, räumte jedes Zimmer, sobald er es betrat. Eines Abends – Bennett war im zweiten Jahr auf der High School – mußte sie jedoch seine Dienste anerkennen. Sie wollte zu einer Party, ihr Fön tat es plötzlich nicht mehr, und sie hatte keine Wahl, als Maury zu bitten, ihn zu reparieren. Er erledigte die Sache rasch und gut. »So gut wie neu, Lenore«, verkündete er laut, vor der geschlossenen Tür seiner Schwester stehend, und lächelte Bennett zu. Sie machte ihre Schlafzimmertür auf, barfuß und zwei Paar Schuhe in den Händen, und nahm den Fön wortlos entgegen. Als Maury sie ein paar Wochen später wieder besuchen kam, erklärte sie ihm, daß es ihr lieber wäre, wenn er aufhörte, Dinge im Haus zu reparieren. Maury ließ den Kopf hängen, und sie wurde unsicher, und dann sagte sie, er könne ja in den Luftschutzbunker gehen.

Der Luftschutzbunker. Im Frühjahr 1962 hatte Bennett seine Eltern dazu überredet, einen Atombunker zu bauen. Der Präsident der Vereinigten Staaten trat im Fernsehen auf, zeigte mit seinem Finger direkt auf die versammelte Familie und forderte sie auf, hinauszugehen und einen Atombunker zu bauen. Präsident Kennedy überredete Bennett. Bennett überredete seine Eltern.

Wohin Bennett auch kam, überall, in Drugstores, in Arztpraxen, in der Schule stieß er auf eine amtliche Broschüre mit dem Titel *Schutz vor radioaktivem Niederschlag: Was tun bei einem Atomschlag?*. Die Broschüre war blau und rot, und der Umschlag trug das nationale Siegel mit dem Adler. In Illustrierten sah man Bilder von Städten mit konzentrischen Kreisen um die Innenstadt herum, aus denen das Ausmaß der Zerstörung in verschiedenen Entfernungen vom Explosionsort einer Atombombe hervorging.

Im Keller von Bennetts Schule wurde ein Vorrat an Lebensmittelkonserven und Wasser angelegt, und an den Wänden wurden große Sandsäcke aufgeschichtet. Die Schüler erhielten Instruktionen, was bei einem Angriff zu tun war: Bleibe vor allem von den Fenstern fern. Lege dich unter deinem Tisch auf den Boden, die Hände über dem Kopf, und sehe keinesfalls aus dem Fenster, sonst wirst du durch den Blitz erblinden. Dann, wenn die erste Druckwelle vorbei ist, begib dich in den Keller.

In monatlichen Abständen veranstaltete die Schule

Zivilschutzübungen. Wenn eine Sirene losheulte, riefen sie einander zu: »Das ist ein Probealarm, das ist ein Probealarm«, ließen sich zu Boden fallen und rollten sich unter ihre Tische. Für den Zivilschutz an der Schule war eine vergnügte Frau mittleren Alters namens Mrs. Abernathy zuständig. Sie teilte ihre Zeit auf zwischen Zivilschutzarbeit und Studienberatung für die beiden letzten Klassen.

In Bennetts naturwissenschaftlichem Kurs für die achte Klasse schlossen mehrere Jungen Wetten darüber ab, wann der Atomkrieg ausbrechen würde. Einer meinte, in drei Jahren, ein anderer, in einem Jahr. Ein Junge, der an einem Projekt über Wasserverunreinigungen teilgenommen hatte, verwettete das Taschengeld von vier Wochen darauf, daß in fünf Monaten die ersten Bomben fielen. Bennett dachte nicht länger darüber nach, was er machen wollte, wenn er groß war. Er dachte nicht mehr daran, zu studieren oder auch nur die High School zu beenden. Er war vierzehn, und er war überzeugt, daß er seinen fünfzehnten Geburtstag nicht mehr erleben würde.

Bennett hatte Alpträume von einem Atomschlag. In einem Traum ist er in seinem Wohnviertel mit dem Fahrrad unterwegs, als er aufschaut und ein dunkelgraues zylinderförmiges Objekt, das wie ein Hai aussieht, über sich hinwegzischen sieht. Er kann die Schwanzflossen sehen. Es fliegt lautlos dahin. Die Rakete fliegt vorbei, ihr Ziel ist die Innenstadt von Memphis, und er weiß, daß es eine russische Rakete ist und daß es mit der Welt innerhalb von Sekunden vorbei sein wird. Er empfindet heftigen Ekel und denkt: So geht also die Welt unter. Es war nicht zu ändern. In einem anderen Traum blickt er aus der Vogelperspektive auf eine Stadt hinab. Er sieht hohe Gebäude, Fenster, die das Sonnenlicht reflektieren, Straßen, eine grüne Parkfläche. Plötzlich erglühen die Gebäude hellrot, dann blendendweiß, dann verschwinden sie völlig, zerstäubt. Das alles geschieht lautlos. In einem anderen Traum ist er im Keller der Schule. Der Keller ist vollgestopft mit Menschen. Alle erbrechen sich. Unter den fünfzig bis sechzig Menschen erkennt Bennett seine Mutter, seinen Vater, seine Brüder, Onkel Maury, seinen Mathelehrer und seine Klavierlehrerin, John und Rabbi Spear. Keiner scheint vom anderen Notiz zu nehmen. Jeder kotzt in die eigene Ecke, leidet einsam. Es ist dunkel, und es stinkt, und Bennett weiß, daß in Kürze alle sterben werden.

Wenn Bennett aus solchen Träumen erwachte, war ihm speiübel, und auch nachdem er das Licht angemacht hatte, war er noch zu Tode erschrocken. Alle

Träume waren durchdrungen vom Gefühl der Hilflosigkeit. Nicht bloß Hilflosigkeit, was die Zeit nach Beginn des Atomkriegs anging, sondern Hilflosigkeit vorher, in der Unvermeidlichkeit, mit der die Welt in die Vernichtung schlitterte. Es war dieses Gefühl der Hilflosigkeit, das Bennett am meisten haßte. Er haßte es, keinen Einfluß auf die Dinge zu haben. Als er dann von den Atombunkern las, erkannte er, daß es hier eine Lösung für das Problem gab. Wenn man in der Nähe des Bodennullpunkts wohnte, konnte ein Atombunker nicht helfen, aber wenn man wie die Langs zehn Meilen weiter wohnte, konnte er einen vor dem Strahlentod bewahren. Wochenlang setzte sich Bennett während des Essens bei seinen Eltern vehement dafür ein, einen Atombunker zu bauen, und seine Brüder saßen stumm dabei. Er war dermaßen von Angst erfüllt, daß sie schließlich ja sagten.

Den Bunker baute eine Firma namens Radpro. Die Firma war noch nicht lange im Geschäft, aber das galt auch für die anderen Gesellschaften, die damals mit einem Mal aus dem Nichts auftauchten. Radpro kam mit einem Bulldozer heraus und schaffte hundertdreißig Kubikmeter Boden aus dem Garten hinter dem Haus fort. Dann erkundigten sie sich bei den Langs, was für eine Art Bunker sie wünschten.

Die Bauzeit betrug fünf Monate. Jeden Morgen um sieben kamen die Männer in zwei roten Lastern die Auffahrt hinaufgefahren. An der Seite der Laster war ein von einem X durchkreuzter Atompilz aufgemalt, an der Vorderseite mit weißen Lettern »Triple Man«.

Der Bunker nahm den größten Teil der Gartenfläche in Anspruch. An die hintere Veranda der Langs schloß sich eine Terrasse aus rotem Backstein an, dann kamen tausend Quadratmeter Garten bis zu dem Holzzaun, der sie von den Gärten der Nachbarn trennte. Mitten in diesen tausend Quadratmetern lag der Bunker, zwischen einer gelben Pappel und einer Platane. Die Schaukel mußte weichen.

Während der Bauarbeiten stand Florida auf der rückwärtigen Veranda, die Hände in den Hüften, und betrachtete mißbilligend das riesige Loch. »Bennett, wieso geben Mister und Miz Lang ihr ganzes Geld für dieses Ding aus?« wollte sie wissen. »Das ist ein Atombunker«, sagte er. »Er hält die Strahlung ab, wenn eine Atombombe auf Memphis fällt.« Verwirrt starrte Florida ihn an. Sie sah zu, wie die Männer Stahlträger und Rohre einbauten, und wiederholte, daß Mister und Miz Lang ihr Geld vergeudeten. Danach stimmte sie ein Kirchenlied an und begab sich wieder an ihre Hausarbeit.

Die Bauarbeiten fielen in den Sommer, als Bennett keine Schule hatte. Einen der Männer lernte er ziemlich gut kennen. Er hieß Pete. Pete war in den Zwanzigern, muskelstark, und trug kein Hemd. Er hatte einen Bürstenschnitt und zwei Goldzähne. Pete hatte nichts dagegen, daß Bennett ihm auf Schritt und Tritt folgte und zusah, was er machte. »Der Lohn ist nicht gerade berauschend für so eine Arbeit«, sagte Pete, »aber ich sammle Erfahrungen.« Petes Ziel war es, Swimmingpools zu bauen. Er hatte eine Freundin namens Thelma, die ihn an Tagen, wo sein Chef nicht da war, vorzeitig mit ihrem blauen Chevrolet abholte. »Hast du die gutaussehende Schnalle gesehen, die mich abholt?« sagte Pete des öfteren zu Bennett. Bennett nickte. »Mann, die hat vielleicht Titten, was?« sagte Pete. Thelma stieg, wenn sie kam, in ihrem freizügigen Oberteil aus dem Auto, schlenderte langsam um die Baustelle herum, so daß die anderen Männer sie sehen konnten, und fuhr dann mit Pete davon.

Bennett bemerkte Thelma durchaus, aber viel mehr interessierte ihn die Luftfilteranlage. So wie er es sah, kam es bei einem Atombunker entscheidend auf die Luftfilteranlage an. Wenn, dann starb man höchstwahrscheinlich an den Milliarden radioaktiver Teilchen, die noch Wochen nach den Bombenexplosionen in der Atmosphäre schweben würden. Nahrung und Wasser konnte man in einem Bunker für Monate auf Vorrat legen, aber nicht die Luft. Die Luft konnte nur von draußen kommen. Folglich mußte sie gefiltert werden.

Die Luft wurde durch drei grüne Rohre in den Bunker gesaugt, die aus dem Boden ragten. Damit kein Dreck hineinfiel, waren sie mit kegelförmigen Metallhüten versehen. Unter diesen Hüten wurde die Luft angesaugt und durch einen Filter gelenkt, ehe sie in den Atembereich gelangte. Die Stärke der Strahlung im Bunker und draußen, dicht über dem Boden, wurde von Geigerzählern überwacht. Über den Bunker kam eine meterdicke Bodenschicht.

Während der Arbeiten war es furchtbar heiß, die Luft stand still, und die Männer trugen kurze Hosen. Wenn sie sich alle halbe Stunde Wasser über den Kopf gossen, sah man Dampf von ihren Körpern aufsteigen. Bennetts Mutter bat Florida, Limonade für sie zu machen. Sie selbst ging, solange draußen gearbeitet wurde, nicht hinaus. Florida gab die Limonade in einen Glaskrug und stellte ihn auf einen weißen schmiedeeisernen Tisch auf der Terrasse. Alle zehn Minuten trat einer der Männer heftig schwitzend an den Tisch und leerte ein ganzes Glas Limonade in einem Zug. »Das ist eine verdammt gute Limonade«, sagte Pete zu Bennett. »Sag deiner Mama, daß sie eine gute Limonade macht.« Florida verbrauchte täglich an die zwei Dutzend Zitronen. Sie stand in der Küche an der Arbeitsfläche, preßte Zitronen und murmelte: »Mister und Miz Lang vergeuden bloß ihr Geld.«

Im September war der Bunker fertig. Oberirdisch sah man bloß einen Erdhügel, der einen Fuß hoch war, und die drei grünen Luftrohre, die ein wenig darüber hinausragten. Den Eingang bildete eine bleiverkleidete ebenerdige Tür, unter der eine steile Treppe hinabführte. Bennetts Eltern statteten den Bunker mit fünf Etagenbetten aus; eingelagert wurden Thunfisch in Dosen, Gemüsekonserven, Erdnußbutter, Kräcker, Schachteln mit Plätzchen, achthundert Liter Wasser, zwei Erste-Hilfe-Kästen, Werkzeug, Taschenlampen, ein Radio, Toilettenpapier, zwei tragbare Toiletten, Spielkarten und ein Monopoly-Spiel. Der Bunker war besser gebaut und ausgestattet als der Luftschutzraum in der Schule, und in den folgenden Jahren probte Bennett im stillen immer wieder, wie er aus der Schule entwischen und nach Hause zu seinem eigenen Bunker laufen würde, wenn ein Angriff während der Unterrichtszeit kommen sollte.

Eines Tages, als der Bunker fast fertig war, sagte Pete

zu Bennett: »Hast du 'ne Kanone?« »Wieso?« entgegnete Bennett. »Mann, 'ne Kanone, um eure Nachbarn zu verscheuchen«, sagte Pete. »Eure Nachbarn haben gesehen, wie dieses Ding hochgezogen wurde, und du weißt doch genau, daß sie euch die Tür wie eine Horde Bullen einrennen werden, wenn das Feuerwerk losgeht. Das Schloß da hält sie nicht draußen. Ich würd mir 'ne Kanone besorgen, wenn ich du wäre. Ich würd mir verdammt sofort 'ne Kanone besorgen, einen .38er Colt würd ich mir besorgen. Der hat ausreichend Durchschlagsvermögen.« Während Pete sprach, versuchte Bennett sich vorzustellen, daß Mr. und Mrs. Davies mit ihren drei Kindern draußen vor der Bunkertür standen und Sidney mit einer Waffe dahinter. Wie es weiterging, konnte er sich nicht vorstellen. Sie schafften sich keine Waffe an, aber Bennett beunruhigte, was Pete gesagt hatte.

Als der Bunker fertig war, war Bennett so erleichtert, daß er Marty und Philip einen ganzen Samstagmorgen lang allein in seinem Laboratorium herumtoben ließ. Er kapierte, daß er damit etwas abtrug, vielleicht war es auch der Dank, den er Gott dafür abstattete, daß er ihn und seine Familie gerettet hatte. Am nächsten Tag ging er wieder und wieder um diesen schönen Erdhügel herum und bewunderte ihn von allen

Seiten. Dann ging er hinein, ordnete die Thunfischdosen neu, testete das Radio und den Geigerzähler und legte sich auf ein Etagenbett.
Als einen Monat später die Kubakrise kam, hatte Bennett keine Angst. Im Gegenteil, er war erfreut. Er war tief in sich, im Verborgenen, stets davon überzeugt gewesen, daß er mit einem logischen Ansatz jedes Problem zu lösen vermochte. Von ihm aus konnten die Bomben nun fallen.
Der einzige Nutzen, den die Langs von ihrem Atombunker hatten, bestand darin, daß Marty sich dort sechs oder sieben Jahre später in romantischer Absicht mit seinen Mädchen verkroch. Inzwischen hatte sich ein Modergeruch im Bunker eingenistet. Allmählich füllte er sich mit Wasser. Als Bennett bei einem Besuch zu Hause gleich nach Ende des Semesters die bleiverkleidete Tür aufmachte und mit einer Taschenlampe hinunterleuchtete, stand das Wasser einen guten Meter hoch, und überall schwammen Kräckerschachteln herum. Seine Eltern ließen den Bunker von einem Mann leerpumpen, aber der sagte, der Bunker sei schlecht gebaut und werde wieder volllaufen. Um 1980 ließen Bennetts Eltern das ganze Ding ausgraben und durch einen Swimmingpool ersetzen.

IN BENNETTS BAR-MIZWA-KLASSE im Jesaja-Tempel waren fünfunddreißig junge Leute. Seine Mutter kannte die Namen sämtlicher junger Frauen in der Klasse, und sie ging die Liste jedesmal durch, wenn eine Tanzveranstaltung der Pi Gamma Pi anstand. Lisa Adler. Kathy Silverstein. Susan Shapiro... Bennett würde diese Mädchen immer im Gedächtnis behalten, nicht weil er an dreißig Samstagen hintereinander mit ihnen im Unterricht saß, sondern weil seine Mutter ihre Namen immer wieder wie Börsennotierungen vorlas.

Er fand es unglaublich, daß von den fünftausend Mädchen in seinem Alter, die es in Memphis gab – er hatte die Zahl sorgfältig ermittelt –, nur neunzehn als Umgang für ihn in Frage kamen. Er wehrte sich. Er ging mit keinem der Mädchen aus seiner Bar-Mizwa-Klasse aus, außer einmal, an einem Abend, als es wie aus Kübeln goß. Es war eine Verabredung zu dritt. Bennetts Mädchen rauchte und bot ihm immer wieder eine Zigarette an. Als klar wurde, daß er nicht mitrauchen würde, verlor sie das Interesse an ihm und beschäftigte sich für den Rest des Abends mit kleinen Dingen in ihrer Handtasche. Der Junge, der den Wagen fuhr, Herbert Stearn, trug eine Brille mit außergewöhnlich dicken Gläsern. Schon bei hellichtem Tage, unter heiterem Himmel, konnte Herbert kaum etwas sehen. Auf dem Heimweg mußte Bennett im dunklen, strömenden Regen alle paar Straßenekken aussteigen und zu den Straßenschildern laufen, um festzustellen, wo sie waren.

Bennett war fünfzehn, als seine Bar-Mizwa-Klasse begann. Anfangs fand er es ärgerlich, daß er seine Samstagvormittage der Religion opfern sollte. Doch seine Eltern bestanden darauf, daß er das hinter sich brachte. John hatte es bereits hinter sich.

Unerwartet freundete Bennett sich mit dem Rabbi an. Rabbi Spear war ein kleiner, untersetzter Mann, der aussah wie eine Bulldogge, doch er sprach mit sanfter, leiser Stimme und weckte in einem den Wunsch, sich mit ihm zu unterhalten. Der Rabbi lud Bennett des öfteren ein, nach dem Unterricht in sein Arbeitszimmer zu kommen. Zunächst entschuldigte er sich und begab sich in sein Amtszimmer, um seine schwarze Robe abzulegen; wenn er seine Robe an-

oder ablegte, durfte niemand zugegen sein. Nach einer Minute trat er mit einem entschuldigenden Lächeln wieder ins Arbeitszimmer und bat Bennett, auf dem Stuhl vor seinem Schreibtisch Platz zu nehmen.

Rabbi Spear setzte sich hinter den Schreibtisch, die Ellbogen aufgestützt, und Bennett ertappte sich plötzlich dabei, wie er dem Rabbi Dinge erzählte, über die er sonst mit niemandem sprach. Er erzählte ihm von seinen Schwierigkeiten mit Mädchen. Mit John konnte Bennett nicht über Mädchen sprechen, weil John von Mädchen keine Ahnung hatte. Florida half ihm manchmal mit ihren wortlosen Hinweisen, aber schließlich war Florida eine Frau, und es gab Dinge, nach denen er sie nicht fragen konnte. Was sollte er zum Beispiel machen, wenn Lucia Barbee ihre Hände rasch in den Taschen verbarg, nachdem Bennett nichts anderes getan hatte, als im Zoo von Overton seine Hand auf ihre zu legen? »Habe ich etwas verkehrt gemacht?« fragte Bennett verlegen. »Ist mit mir etwas nicht in Ordnung?« Der Rabbi, dem in seinem zu engen Fischgrät-Jackett ein wenig unbehaglich war, ging um den Schreibtisch herum und legte Bennett die Hand auf die Schulter. »Nein, Bennett«, sagte er leise, »du hast nichts verkehrt gemacht. Was du getan hast, war vollkommen natür-

lich.« »Ich hätte es nicht tun sollen«, sagte Bennett. »Sie hat wahrscheinlich gedacht...« »Du hast nichts verkehrt gemacht«, sagte der Rabbi. »Denk daran, du hast eine wunderbare Seele.«
Rabbi Spears Arbeitszimmer hatte einen Fußboden aus dunklen Eichendielen und blau lackierte Lampen, und an der Wand hinter dem Schreibtisch hing ein Bild eines Dinosauriers, sehr detailreich und zart. Die Zeichnung stammte vom Sohn des Rabbis, der bei einem Autounfall umgekommen war. Von dieser Zeichnung abgesehen, waren die Wände bedeckt mit Büchern über jedes erdenkliche Thema. Bennett entlieh sich nach und nach Aristoteles, Maimonides, Kant, Thoreau und Kafka und nahm die Bücher mit heim ins Wohnzimmer, wo Sidney stumm seine Abende verbrachte.

Einmal sprach Bennett den Rabbi samstags nach dem Bar-Mizwa-Unterricht auf den .38er-Revolver und den Atombunker an. Was sollte man in solch einer Situation tun? Der Rabbi hörte aufmerksam zu, das Kinn auf die Hand gestützt, und nickte ab und zu. »Das ist ein ganz schwieriges Dilemma, Bennett. Äußerst schwierig. Manchmal müssen wir andere töten, um uns und unsere Familien zu schützen, zum Beispiel im Krieg. Doch eure Nachbarn sind keine Verbrecher, und sie wollen euch nichts Böses. Sie wollen nur ihre eigenen Familien schützen. Aber in eurem Bunker ist nicht genug Platz.«

Der Rabbi hielt mit seinen knorrigen kurzen Fingern ein Streichholz an seine Pfeife, dann fuhr er fort: »Ihr habt vielleicht das Recht zu überleben, denn ihr habt den Bunker gebaut. Andererseits: Warum habt ihr einen Bunker gebaut und sie nicht? Vielleicht hatten eure Nachbarn nicht das Geld dafür. Und das Geld ist nicht immer gerecht verteilt.« Bennett nickte. Rabbi Spear kniff den Mund zusammen. »Leider kann ich in diesem Fall nicht sagen, Bennett, was richtig und was falsch ist. So ist es manchmal. Ich kann aber sagen, daß es schrecklich wäre, eine Waffe auf einen Nachbarn zu richten. Schrecklich.«

Bennett seufzte. Was ihn am Judentum anzog, war der Glaube an die Rationalität. Rabbi Spears Überlegung erschien rational, und doch führte sie zu keiner Antwort. »Vielleicht ist es das, wofür wir Gott brauchen«, sagte Bennett. »Damit er uns in den schwierigen Fällen sagt, was richtig und was falsch ist. Den Rest können wir aus eigener Kraft klären.« Rabbi Spear blies einen Mundvoll Rauch aus, schaute aus dem Fenster auf die Union Street und erwiderte:

»Gott benötigt den Menschen ebensosehr, wie der Mensch Gott benötigt.«
Bennett saß sprachlos da und wendete die glänzende Formulierung des Rabbi in Gedanken hin und her, so als halte er eines der kostbaren Bücher aus seiner Bibliothek in Händen. Meinte der Rabbi, daß Gott eine Erfindung des Menschen sei? Nein, ein Rabbi konnte doch nicht sagen, daß Gott nicht aus sich heraus existierte. Aber was konnte Gott vom Menschen benötigen? Anbetung? Konnte Gott so eitel und unsicher sein? Vielleicht benötigte Gott den Menschen dazu, daß er formulieren half, was Gott war. Aber würde das nicht bedeuten, daß Gott keine eigenen Qualitäten hatte, keine absoluten Qualitäten? Diese Möglichkeit beunruhigte Bennett sehr. Er wollte glauben, daß es irgendwo in der Welt absolute Tatsachen gab. Betrug nicht die absolute Kälte minus zweihundertdreiundsiebzig Grad Celsius?
Rabbi Spear erhob sich von seinem Schreibtisch und zog ein Buch aus dem Regal. Es war der *Führer der Unschlüssigen* von Moses Maimonides. Jahre später war es das erste Buch, das Bennett aus den zahlreichen Bücherkisten auspackte, die er aus der Hinterlassenschaft des Rabbi erhielt. Der Rabbi hatte ihm seine gesamte Bibliothek vermacht.

Der Jesaja-Tempel war ein orangerotes Backsteingebäude an der Ecke Union und Belvedere Street. An einer Seite des Gebäudes stand eine Pappelreihe. Der Bar-Mizwa-Unterricht fand im ersten Stock des alten Gebäudes statt, in dem zur Belvedere gelegenen Teil. An das Hauptgebäude grenzte die hohe weiße Kuppel der Synagoge. Die Synagoge gefiel Bennett. Ihm gefielen die prächtigen goldenen Orgelpfeifen, und auch die Musik gefiel ihm. Fast alle Lieder waren hebräisch, und da er nicht viel davon verstand, konnte der Text ihn nicht ablenken. Er konnte sich einfach auf seinen Stuhl zurücklehnen, der schönen Musik lauschen und seine Blicke über die geschwungenen Linien der Orgelpfeifen wandern lassen.

Judentum, das war für Bennett diese Musik, und das waren die Gespräche mit Rabbi Spear. Er war stolz darauf, daß die Juden in ihrer langen Geschichte an ihrem Glauben festgehalten hatten, dennoch mochte er die Einstellung seiner Tante Sadie nicht, welche die Juden im Gegensatz zum Rest der Welt sah. Er wollte ein Teil der Welt sein. Er wußte, was ihm am Judentum gefiel. Ihm gefielen die Ideen und die Hartnäkkigkeit und die Erfolge. Ihm gefiel, daß Einstein und Freud und Gershwin Juden waren.

Einige der Jungen in der Bar-Mizwa-Klasse waren bereits sechzehn, in dem geheiligten Alter, da sie, was das Gesetz anging, mit den Autos ihrer Eltern auf den Straßen herumkurven durften. Gelegentlich fuhr Bennett mit ihnen Samstag morgens zum Tempel. Nach dem Unterricht gingen sie zusammen im »Pig-N-Whistle« in der Union Street essen. Im »Pig« gab es große Zwiebelringe und Barbecue. Das »Pig« sah nicht aus wie andere Restaurants. Es sah aus wie ein englischer Pub, sah man von dem Drive-In-Parkplatz ab, wo die Kunden in ihren Autos essen konnten. Eben das taten die Jungen. Hatten sie es sich erst einmal ohne einen Erwachsenen in einem Auto bequem gemacht, verließen sie es so wenig wie möglich. Sie fuhren vor dem »Pig« vor, und ein Kellner in weißer Jacke trat ans Auto, um ihre Bestellungen entgegenzunehmen. »Was möchtet ihr heute?« fragte der Kellner grinsend. »Viele Servietten«, antworteten die Jungen und machten ein schlürfendes Geräusch wie Schweine, die aus dem Trog fressen. Stand in der Nähe ein Auto mit Mädchen, dann schlürften sie besonders laut. Sie sagten immer, sie wollten den weißbejackten Kellner postwendend zurück in die Küche schicken, falls das Barbecue nicht richtig gar war. Aber es war immer richtig gar. Zum Barbecue mit Zwiebelringen tranken sie Kräuterlimonade. Das

»Pig-N-Whistle« war das andere, was Bennett am Judentum gefiel.

Im Bar-Mizwa-Unterricht probierte Rabbi Spear gelegentlich seine Ideen aus, die er, mit wehender schwarzer Robe auf und ab schreitend, voller Emphase vortrug. Einmal sprach er über seine Theorie des Glücks. Er war der Ansicht, die Gefühle der Menschen reagierten nur auf Kontrast und Veränderung, nicht auf das Konstante, so wie das Augenlicht auf Hell-Dunkel-Kontraste und auf Bewegung reagiert. Falls die Emotionen dem Augenlicht und den anderen Sinnen ähnlich seien, so die Überlegung des Rabbi, seien sie möglicherweise von der Natur als Überlebensmechanismus entwickelt worden.

Die meisten Jugendlichen in der Klasse schenkten dem Rabbi keine sonderliche Aufmerksamkeit, gleichgültig, wovon er sprach. Sie malten Männchen in ihre Hefte und schauten alle zehn Minuten auf ihre Armbanduhr. Das machte Bennett wütend. Wie konnten sie die Worte eines Mannes mißachten, der mit dafür gesorgt hatte, daß die Rassentrennung in den Kinos von Memphis aufgehoben wurde? Sahen sie denn nicht, daß Rabbi Spear seine Schüler wie seine eigenen Kinder behandelte?

Noch lange, nachdem er von Memphis fortgegangen war, suchte Bennett, wann immer er zu Besuch kam, Rabbi Spear in seinem Arbeitszimmer auf. Dort lernte der Rabbi Bennetts Verlobte Penny kennen, ungeachtet der schockierten Einwände von Bennetts Mutter. Pennys Vater war ein methodistischer High-School-Lehrer in Pittsburgh. Bei ihrer ersten Begegnung lächelte der Rabbi Penny an und fragte sie, ob sie Jüdin werden wolle. Sie sah Bennett an, blickte zu Boden und sagte ja.
Die Übertrittsgespräche fanden im Konferenzraum des Holiday Inn an der Summer Avenue statt, einem ungewöhnlichen Ort, den Penny gewählt hatte. Rabbi Spear gefiel dieses Arrangement nicht, aber er zog mit, um Bennett einen Gefallen zu tun. Der Raum war von elf bis zwölf für sie reserviert. Anschließend hatte der Rotary Club dort ein Mittagessen. Es war ein sehr heißer Julitag. Draußen in der drückenden Hitze ließen die ausgedörrten Blumen die Köpfe hängen, und selbst die Eichhörnchen bewegten sich kaum und ließen ihre Schwänze schlaff herabhängen. Drinnen ächzte die Klimaanlage. Die künftigen Brautleute und der Rabbi saßen schwitzend am Ende eines langen Tisches. Rabbi Spear, inzwischen in den Siebzigern, hatte Probleme mit den Beinen bekommen, und ne-

ben seiner Aktentasche lehnte ein Spazierstock. Die Hitze machte ihm zu schaffen. Er hatte die Krawatte gelockert und das Jackett ausgezogen. Er sprach einige Minuten mit Penny, gab ihr mehrere Bücher zu lesen und hielt ihr die Hand.

Am nächsten Morgen ließ er Bennett ausrichten, er möge ihn allein in seinem Arbeitszimmer aufsuchen. Bennett sagte Penny, er wolle einen Freund besuchen, fuhr zum Jesaja-Tempel und wartete beklommen im Arbeitszimmer, während der Rabbi verschiedene Angelegenheiten erledigte. Ein Deckenventilator klang wie rasches Atmen. Nach ein paar Minuten humpelte der Rabbi ins Zimmer und ging langsam auf Bennett zu. Er ließ seine Hand auf Bennetts Schulter ruhen. »Liebst du sie?« fragte er leise. Bennett liebte sie wirklich, vollkommen. Der Rabbi konnte es sehen, und er seufzte und berührte Bennett liebevoll am Kopf und gab ihm seinen Segen.

PENNY WAR DIE ZWEITE Frau, in die sich Bennett verliebte. Die erste war Leila Phelps. Leila war seine Schauspiellehrerin an der High School.

Leila hatte das Schauspielstudium der Memphis State University absolviert, die Lehrbefugnis erworben, einige Jahre in Mississippi und Arkansas in Theatertruppen mitgewirkt und dann in Arkansas an einer High School unterrichtet. Sie war auch an einer Sommer-Repertoirebühne in New Hampshire aufgetreten, wo man ihr erklärte, daß sie es beim Theater nicht weit bringen werde, bevor sie nicht ihren Südstaatlerakzent ablegte. Diesen Ratschlag gab sie an ihre Schüler weiter. Bennett mußte in ihrem Unterricht zahllose Ausspracheschulungen über sich ergehen lassen, in denen sie übten, *»eye«* statt *»ah«* und *»pen«* statt *»pin«* zu sagen. Ebenso wie ihre Schüler haßte Leila Disziplin, und man merkte, daß sie sich auf die Zunge beißen mußte, wenn sie stundenlang eintönige Sprechübungen machten, aber Leila hoffte inständig, daß einige von ihnen Schauspieler oder Schauspielerin werden würden. Leila war optimistisch. In Wahrheit zog es keinen ihrer Schüler zum Theater. Bennett zum Beispiel meldete sich nur deshalb zu ihrem Kurs an, weil er für den Schulabschluß einen Schein in Kunst brauchte.

Jeder Schüler Leilas mußte eine Rolle in einer der Schulaufführungen übernehmen, bei denen sie Regie führte. Hier fand der eigentliche Unterricht statt. Die Proben waren nach der Schule im Aufführungssaal angesetzt. Um Viertel nach drei war die Schule aus, und um halb vier begannen die Theaterproben. Dazu zog Leila sich um; statt Kleid und hochhackigen Schuhen trug sie Bluejeans und Tennisschuhe. Während der Proben nannten die Schüler sie Leila.

Sie hatte bräunliche Haare, die immer so aussahen, als käme sie gerade aus der Dusche und hätte sie nur flüchtig mit dem Handtuch abgetrocknet. Sie hatte grüne Augen, die blitzten, wenn sie lächelte. Und sie war immer in Bewegung. Wenn sie im Klassenzimmer einmal auf ihrem Stuhl saß, was selten vorkam, bewegte sie sich hinter ihrem Schreibtisch ständig auf und ab, so als würde sie ihre Gesäßmuskeln abwechselnd anspannen und lockern. Meist aber war sie auf den Beinen und hüpfte im Zimmer umher. Leila bewegte sich mit der Anmut einer Tänzerin, völlig frei und ungezwungen. Wenn sie bei den Proben vorführte, wie ein Schüler gehen oder eine bestimmte Pose einnehmen sollte, wußte ihr Körper genau, was er zu tun hatte. Zwischendurch bemühte sie sich zwar, still in der ersten Reihe zu sitzen und ihren Schülern zuzuschauen, aber dann war sie doch plötzlich wieder mit einem Satz auf der Bühne. »So mußt du das machen«, sagte sie, und ihr Körper, der eben noch der eines Leoparden auf dem Sprung gewesen war, wurde zum Körper eines tobenden Kindes oder eines gekränkten Liebhabers. Sie brauchte keinen Text. Ihr Körper sagte alles.

Leila kümmerte sich nicht darum, ob ihre Schüler den Rollentext korrekt wiedergaben; ihr ging es einzig darum, wie sie ihn vortrugen. Abgesehen davon, ihnen den Südstaatlerakzent auszutreiben, sah sie ihre Aufgabe darin, den Schülern beizubringen, daß der Sinn nicht durch das übermittelt wurde, was man sagte, sondern durch die Art, wie man es sagte. Wenn ein Text schlecht vorgetragen wurde, forderte sie, sich mit dem Finger über die Kehle fahrend, von der ersten Reihe aus eine Unterbrechung, um den falschen Vortrag nachzuahmen. Anschließend sprach sie den Text dreimal hintereinander mit jeweils anderem Rhyth-

mus und anderer Modulation, jedesmal nach der Absicht des Sprechers fragend.
Bennett begriff Leilas Dialogverständnis nicht. Oft stritt er mit ihr in den Pausen während der Proben, wenn sie zusammen auf der Treppe vor dem Aufführungssaal saßen und die anderen Schüler auf eine Limo oder eine Zigarette zum Rexall-Drugstore gingen. »Wozu überhaupt Worte, wenn sie nichts vermitteln?« fragte Bennett sie eines Tages, nachdem er sich die halbe Nacht um die Ohren geschlagen hatte, um seinen Text für *The Hasty Heart* auswendig zu lernen. Die Hände in die Seiten stemmend, antwortete Leila: »Worte sind bloß Zeichen. Worte verraten nicht, wie sich einer fühlt.« »Und was ist mit der Verfassung?« gab Bennett zurück. Tatsächlich hatte er die Verfassung nie gelesen, aber er spürte, daß er sich da auf festem Boden befand. »Die Gründerväter haben Ideen, nicht Gefühle vorgetragen«, fuhr er fort, »und sie haben sich große Mühe gegeben, die richtigen Worte zu finden, um mitzuteilen, was sie ausdrücken wollten.« Leila schaute Bennett einen Moment prüfend an, legte sacht ihren Arm um ihn und sagte: »Trägt Lachie Margaret etwa die Verfassung vor, oder versucht er ihr zu sagen, daß er sie liebt?« »Das ist doch albern, Leila«, antwortete Bennett. »Egal, was

Lachie Margaret mitteilen möchte, er kann es mit Worten sagen. Wenn er ihr mitteilen möchte, daß er sie liebt, braucht er bloß zu sagen: ›Ich liebe dich.‹«
Daraufhin rutschte Leila zwei Stufen tiefer, sah zu Bennett auf und sagte mit einer sonderbar piepsigen Stimme: »Bennett, ich liebe dich. Bitte glaub mir, ich liebe dich. Glaubst du mir?«
Etwas an dieser kleinen Szene wühlte Bennett innerlich auf, aber er wußte nicht, was es war. Eine Woche später hatte er bei der Probe einen Auftritt, in dem er Margaret küssen sollte. Er hatte in seinem Leben noch nicht oft geküßt, und das Mädchen, das die Margaret spielte, half ihm auch nicht weiter. Bei den immer neuen Proben dieses Kusses gab Leila Bennett so detaillierte Anweisungen, daß er schließlich den Eindruck hatte, sie zu küssen und nicht seine Klassenkameradin. Danach hatte er, sobald er sie anschaute, das Gefühl, daß sein Gesicht rot wurde und seine Beine nachgaben.
Bennett wünschte, so oft wie möglich mit Leila zusammenzusein. Aber das wünschten andere Schüler auch. Sie knauserte nicht mit ihrer Zeit. Kleinen Schülergruppen, mit denen sie Szenen aus den Stücken wieder und wieder durchging, schenkte sie ungezählte Stunden. Hier gab sich einer nicht wütend genug. Da

stand einer zu linkisch herum. Hier mußte einer einen Takt länger auf seinen Einsatz warten. Es kam vor, daß sie eine Schülerin zur Seite nahm und eine halbe Stunde lang mit ihr übte, während alle anderen warteten. Sie achtete nicht auf die Zeit. Wenn es halb sechs wurde, mußte man sie extra darauf aufmerksam machen. Brauchte ein Schüler Nachhilfe, kam sie auch an Wochenenden in den Aufführungssaal.

Leila malte gern, nicht als Künstlerin, sondern als Anstreicherin. Das war ihr Hobby. Sie machte es gut, und die Schule beauftragte sie, einen Klassenraum frisch zu streichen. Bennett nutzte inzwischen jede Gelegenheit, um ihr nahe zu sein. Er ging hin und sah ihr beim Anstreichen zu. Es war ein Samstag. Sie hatte ihre Theatersachen an, Jeans und Tennisschuhe. Sie strich gerade eine Wand und stand auf einer Leiter. Bennett postierte sich draußen vorm Fenster und sah hinein. Ihre Pinselstriche waren lang und langsam und rhythmisch. Nach ein paar Strichen hielt sie inne, langte hinüber und tunkte den Pinsel in die Farbe, dann machte sie weiter, alles in einem einzigen Schwung. Sie trug die Farbe dick auf, so dick, daß Bennett hören konnte, wie sie sich auf der Wand verteilte. Anschließend ging Leila darüber und verstrich sie gleichmäßig. Nach und nach bedeckten sich auch Gesicht und Hände mit Farbe, aber sie schien es nicht zu bemerken. Sie war hingerissen von der Konsistenz der Farbe und der schwungvollen Bewegung, vor und zurück, vor und zurück, vor und zurück. Bennett sah ihr unbemerkt zwei Stunden lang zu.

Er hätte seiner Schauspiellehrerin gegenüber nie auch nur im entferntesten seine Gefühle offenbart, und seine Leidenschaft wäre still und hoffnungslos von selbst erloschen, hätte Leila nicht begonnen, ein ungewöhnliches Interesse an ihm zu zeigen. Wenn sie sich auf dem Korridor begegneten, fügte sie ihrem Gruß kleine persönliche Bemerkungen an: »Mir gefällt das Hemd, das du heute anhast, Bennett«, oder: »Du machst heute einen müden Eindruck, Bennett. Warst du gestern abend lange aus?«, oder: »Du hast dich ja an der Hand verletzt. Ist alles in Ordnung?« Während der Proben begann sie ihn merkwürdig anzustarren. In den Pausen setzt sie sich nicht mehr neben ihn auf die Stufen.

Eines Tages im April forderte sie Bennett nach der Stunde auf, nach Schulschluß zu ihr nach Hause zu kommen, um für das Stück zu üben. Bennett war so erschrocken, daß er noch lange nach Beginn seiner nächsten Stunde auf dem Flur stand und auf den Zettel mit ihrer Adresse starrte, in der Erwartung, sie werde sich auflösen.

Sie wohnte in einem Apartmentblock am Seville Drive, in der Nähe der Summer und der Perkins Street. Vor dem Haus erstreckte sich ein großer Swimmingpool, der noch vom Winter her abgedeckt war. Das Gebäude war gelb verputzt, und die vier Eingänge wurden von weißen Säulen gesäumt. Aus dem Putz ragten Wirbel hervor, wie riesige Pinselstriche Farbe. Leila wohnte im zweiten Stock. Eine alternde Treppe führte zu ihrer Wohnungstür, der einzigen auf dem Treppenabsatz.

Bennett lehnte sein Fahrrad gegen die Hauswand, ging die Treppe hinauf. Die Stufen knarrten. Er fürchtete, daß ihn jemand sehen würde. Er hätte platzen können. Wußte sie, was sie tat, wußte sie, was er empfand? Lange stand er zitternd vor ihrer Tür, ehe er klopfte. Sie machte auf, dann setzte sie sich auf die Couch und sah ihn an. Sich hinzusetzen kam nicht in Frage. Er stand an der Tür, wie gelähmt. Sie stand auf, trat an ihn heran, ganz nah, fand seine Hand und küßte sie. Dann legte sie seine Hand auf ihre Brust.

Er begann, sie zweimal in der Woche in ihrem Apartment zu besuchen. Seiner Mutter sagte er, er ginge zu John.

Sie ließ ihn schwören, daß er sie liebte. Hundertmal sagte er ihr, daß er sie liebte. Sie preßte ihn so fest an sich, daß ihre Arme rote Streifen auf seinem Rücken hinterließen. Ihre Fingernägel hinterließen Verletzungen auf seiner Brust. Sie kratzte und sie biß, aber er fühlte nie einen Schmerz. Er begehrt alles an ihr. Er war entsetzt über das, was da geschah, aber er bemerkte, daß er keine Gewalt über sich hatte. Zu Hause, allein in seinem Zimmer, die Tür abgeschlossen, zog er bisweilen das Hemd aus, zerkratzte sich die Brust, bis das Blut kam, und stellte sich vor, daß sie es war. Er wurde stiller, bekam nichts mehr mit, und jede Nacht, wenn er in seinem Bett lag und auf den verschlungenen Umriß des Hickorybaums vor seinem Fenster starrte, dachte er an sie.

Wenn sein Besuch bei ihr endete und das Licht, das durch das blaue Rouleau drang, zu verdämmern begann, ließ sie ihn nicht aus ihrem Bett aufstehen, bevor er ihr nicht gesagt hatte, daß er sie liebte. Er tat es gern. Es verlangte ihn danach.

Bei diesen Besuchen am Nachmittag befaßten sie sich tatsächlich auch mit dem Theater. Sie stritten sich wie zuvor, nur jetzt sehr viel persönlicher. Sie ging eine Szene durch, benutzte aber jedesmal einen anderen Text. Ihr Vortrag war brillant, ihre Gleichgültigkeit für den Text machte ihn jedoch verrückt. »So steht es aber nicht im Buch«, sagte er wütend. »Kannst du nicht lesen?« »Du mußt lockerer werden, Bennett«, entgegnete sie. »Du hängst zu sehr am genauen Wortlaut. Wahrscheinlich wirst du mal Jurist oder so was.« »Naturwissenschaftler«, sagte er. »Na schön«, gab sie zurück, »dann wirst du eben ein verdammter Naturwissenschaftler. Ich scheiß auf deine Exaktheit. Du kapierst es nicht.« »*Du* kapierst es nicht«, brüllte er. Auf dem Heimweg war er todunglücklich darüber, daß er mit ihr gestritten hatte.

Onkel Maury war der einzige Mensch, mit dem Bennett jemals über Leila sprach. »Mein Gott«, stieß Maury hervor. »Bennett, mein Junge«, sagte er und legte seinen Arm um ihn, »du wirst erwachsen. Aber ausgerechnet deine Lehrerin. Mein Gott, Bennett. Wie alt ist sie?« »Ich weiß nicht«, sagte Bennett, »vielleicht sechsundzwanzig.« »Mein Gott«, sagte Maury, »erzähl mir von ihr.«

Bennett versuchte, Leila zu beschreiben, aber es gelang ihm nicht. Dann fing Maury an zu erzählen, wie er zum ersten Mal verliebt gewesen war. Es war in Nashville, er war Anfang zwanzig. Es war während des Krieges, aber Maury war als untauglich abgelehnt worden. Er war ihr im Centennial Park begegnet, an einem Sonntag im Juni. Sie trug ein weißes Baumwollkleid. Er hatte ein bißchen Geld, und sie vertrieben sich den Sommer und den Herbst mit Flußfahrten, Picknicks und Ausflügen. Während er davon erzählte, traten ihm Tränen in die Augen.

»Was wirst du tun?« fragte Maury schließlich. Was würde er tun? Bennett hatte noch nicht darüber nachgedacht, was Leila und er tun würden. Er ging einfach davon aus, daß er sie auch weiterhin zweimal in der Woche in ihrem Apartment besuchte.

Maury ging ins Bad, und als er wiederkam, war seine Hose naß von dem undichten Wasserhahn, der über den Rand des Waschbeckens spritzte. »Mein Gott, Bennett«, sagte er, »das ist ja wirklich ein Ding. Paß auf dich auf.«

Im Juni gab es Ferien. Bennett ging weiter zu Leila. Manchmal ging er abends, und sie schwammen ganz allein im Pool und betrachteten den Mond, der über dem Dachfirst stand. Sie gingen zusammen aus, im Süden von Memphis, wo sie niemanden trafen, der sie kannte, in kleine Hamburgerbuden am Shelby Drive mit blinkenden Neonreklamen davor. Sie gingen im Chandler Park spazieren, saßen auf den weiß emaillierten Bänken, die selbst im Schatten heiß auf die Haut drückten. Eines Abends fuhren sie zum Flughafen, standen vor dem Zaun und beobachteten die Flugzeuge, die in dichter Folge abflogen. Sie konnten gerade noch die spärliche Reihe von Köpfen erkennen. Dann stellten sie Vermutungen darüber an, wohin die Passagiere flogen und warum, und erfanden Lebensgeschichten zu jedem der winzigen Köpfe. Sie fuhren zum McKellar Lake, frühmorgens, wenn niemand dort war, und schwammen hinaus zu der Insel, zu der er und John immer geschwommen waren. Mit Leila zusammen hatte er den Eindruck, noch nie dort gewesen zu sein.

Bennett hatte vor, im September mit dem Studium zu beginnen. Mitte August teilte Leila ihm plötzlich mit, daß sie nach New York gehe. Sie wollte sich an verschiedenen Off-Broadway-Theatern vorstellen. Gleich nach der Ankunft würde sie ihm ihre Adresse und Telefonnummer schicken. Er war froh über diese unerwartete Mitteilung. Er wollte im Nordosten studieren, und nach New York war es nicht so weit wie nach Memphis.

Als er sie einige Tage später besuchen wollte, war das Apartment verlassen. Niemand wußte, wohin Leila gezogen war.

In den folgenden Jahren rief er etliche Male bei der

Auskunft in New York an, um sie ausfindig zu machen, aber sie war dort nicht gemeldet. Zweimal fuhr er direkt hin, um sich an den Off-Broadway-Häusern zu erkundigen. Sie war nicht zu finden. Jahre später fragte er sich, wieso ihr etwas an der Liebe eines Siebzehnjährigen gelegen haben sollte.

WÄHREND DIESES LETZTEN Sommers in Memphis merkte Bennetts Mutter, daß mit ihrem Sohn etwas passiert war. Eines Nachmittags bat sie ihn, zu ihr ins Schlafzimmer zu kommen und mit ihr zu sprechen.

Bennett hatte bereits viele Male bei ihr am Bett gesessen. Oft schon hatte sie ihn gebeten, ihr Gesellschaft zu leisten, wenn sie in ihrem Bett lag, um sich von einer weiteren schlaflosen Nacht zu erholen, und ihr der Nachmittag lang wurde. In den letzten Jahren war er jedoch nicht so oft gekommen, weil er oben in seinem eigenen Zimmer zu tun hatte.

Sie hatte ihr Schlafzimmer betont weiblich und weich eingerichtet. Die Vorhänge waren aus einem gedeckten Chintz mit Blumenmuster, und neben ihrer Kommode stand ein zierlicher Schreibtisch aus Kirschholz.

»Komm, setz dich zu mir«, sagte sie, als er eintrat. Das Zimmer war schwach erleuchtet vom Licht, das aus dem Bad kam, und die Klimaanlage summte leise. Sie hatte ihren blaßgelben Morgenrock an und lag auf der Seite, die Augen geschlossen. »Ich mache mir Sorgen um dich, Bennett«, sagte sie, die Augen weiterhin geschlossen haltend. »Ist etwas los?« »Nichts ist los«, sagte Bennett vom Polsterstuhl neben ihrem Bett aus. »Wir haben lange nicht miteinander gesprochen«, sagte sie. »Du kommst mir verändert vor.« Er sagte nichts. »Sicher bist du aufgeregt wegen des College«, sagte sie. »Ein bißchen«, sagte er achselzuckend. Sie schlug die Augen auf, drehte sich um und schaute ihren ältesten Sohn an. »Ist es wegen eines Mädchens?« Er antwortete nicht, aber er rutschte auf seinem Stuhl hin und her. »O Schatz, sprich doch mit mir«, sagte sie. »Ich bin deine Mutter. Sprich mit mir. Bald gehst du weg. Sprich mit mir. Ist es ein jüdisches Mädchen?« Bennett sagte nichts. Es trat eine lange Stille ein, und sie sah zur Decke empor und dann wieder ihren Sohn an. Sie sah direkt in sein Innerstes, mit einem Blick voller Erschöpfung, Traurigkeit und Liebe, und Bennett kam zu dem Schluß, daß sie vermutlich alles über Leila wußte. Schließlich griff sie nach seiner Hand und sagte: »Es macht nichts, wenn sie keine Jüdin ist.«

BENNETT IST AUF EIN Wochenende zu Hause, oben in seinem alten Zimmer. Die Tagesdecke ist jetzt aus weicher blauer Seide. Auf einer Kommode stehen Fotos von ihm und seinen Brüdern, ihren Frauen und Kindern. Auf seinem Schreibtisch beim Fenster ein Rührmichnichtan in einem Terrakottatopf. Die Pflanze quillt über den Rand, die Blüten lachsrosa, durchscheinend im Sonnenlicht. Jede Blüte hat fünf zarte Blütenblätter, eine winzige Knospe in der Mitte. Er sitzt auf dem Fußboden, mit dem Rücken gegen die Wandverkleidung aus knorriger Kiefer gelehnt. Der Rücken tut ihm weh, weil er seinen Koffer die Treppe hochgetragen hat. Irgendwo ein Knarren im Haus, dann ist es wieder still. Er sitzt auf dem Fußboden, reibt sich den wehen Rücken und bricht plötzlich in Tränen aus. Er weiß nicht, warum.

»Es ist Zeit, dass wir mal nach Vassar raufdampfen«, verkündete Bill. Bill war Bennetts Laborpartner auf dem College. Seit Studienbeginn hatten sie in allen Kursen zusammengearbeitet. Jetzt standen sie im Hauptfach Physik im vorletzten Studienjahr, es war Frühling, und sie waren rastlos. »Laß uns nach Vassar raufdampfen«, sagte Bill eines Tages im Speisesaal. Es war Freitag nachmittag. Sie stiegen in Bills rostigen Volkswagen und fuhren los, auf der Interstate 84 westwärts in Richtung Poughkeepsie. Bill hatte im voraus Verabredungen getroffen.

Bennett war gern mit Bill zusammen. Rätselhaft war ihm nur, wieso sie nach wie vor Laborpartner waren. Beide waren im Labor nicht sonderlich gut. Bennetts Experimente gingen immer auf rätselhafte Weise ein bißchen schief. Wenn er einen Versuch zur Messung von Newtons Gravitationskonstante machte, verdrehte sich eine winzige Faser stärker, als sie eigentlich sollte, so daß die mathematische Analyse schwierig

wurde. Wenn er ein elektronisches Gerät baute, das bei reinen Tönen aufleuchten sollte, fing es beim ersten Ton Feuer.
Bill hatte andere Probleme. Er verschlief. Er blieb die ganze Nacht auf, um sich Humphrey-Bogart-Filme anzuschauen, verpaßte die Morgenvorlesungen und kam unausgeschlafen ins Labor. Er kam durch die schwere Stahltür geschlurft, warf einen kurzen Blick auf Bennetts Bemühungen und sagte: »Die Probleme, die zwei kleine Leute mit einem Oszilloskop haben, sind dieser verrückten Welt vollkommen schnurz.« Dann schlug er vor, das Labor auf der Stelle zu verlassen und sich zu Pizza und Bier ins »Queen's Inn« zurückzuziehen. Gereizt willigte Bennett ein. Er ließ nicht gern ein Projekt im Stich, vor allem nicht, wenn es schlecht lief, aber er hatte bereits erkannt, daß seine Stärke die Theorie war.
»Um wieviel Uhr treffen wir sie?« fragte Bennett. Nach einer Stunde Fahrt hatten sie in Danbury, Connecticut, getankt. »Sieben, vor ihrem Wohnheim«, antwortete Bill. »Weißt du, wo es ist?« fragte Bennett. Bill warf ihm einen beleidigten Blick zu. »Wo verbringen wir die Nacht?« fragte Bennett. Bill schaute in den Spiegel und sagte: »Wenn wir uns zivilisiert benehmen, werden die Damen uns für die Nacht in ihre

Zimmer einladen. Bist du zivilisiert?« »Mir ist das Ganze nicht geheuer«, sagte Bennett. »Hier«, sagte Bill und reichte Bennett den Joint, den er gerade rauchte. Bennett nahm einen Zug und gab ihn ihm zurück.

Bill mochte imstande sein, sich zivilisiert zu benehmen, aber er machte keinen zivilisierten Eindruck. Sein Gesicht zierte ein drei Tage alter Bart, und seine Koteletten reichten bis unter den Kiefer. Er trug seine üblichen zerfransten Jeans und dazu seine marokkanischen Pantoffeln. Vielleicht mochte seine Nickelbrille als zivilisiert gelten.

Sie kamen um sieben in Vassar an und warteten. Die Mädchen tauchten nicht auf. »So ist das Leben«, sagte Bill. Sie warteten bis acht und gingen dann in ein Schnellrestaurant in der Nähe des College. Zwei Paare kamen herein, setzten sich an einen Nachbartisch und begannen hysterisch zu lachen.

Nach den Hamburgern fuhren die Jungs bis rund zehn Meilen südlich von Poughkeepsie und machten zur Nacht am Straßenrand halt. Sie standen auf einer Anhöhe, die einen großartigen Blick auf den Hudson bot. Der Himmel war klar. Auf dem anderen Flußufer, rund achthundert Meter entfernt, flackerten Lichter wie Glühwürmchen in einer staubigen Hecke.

Gelegentlich trieb eine Fähre langsam den Fluß hinunter, ein grünes Licht an Steuerbord, ein rotes an Backbord. Bill kramte aus seinem Handschuhfach noch mehr Marihuana hervor und begann mächtig zu rauchen. Sie blickten auf den Fluß. Sie aßen eine Tüte Plätzchen mit Schokoladenüberzug. Auf einmal schrie Bill: »Ich hab's. Wir haben vergessen, die Torsionswaage akustisch zu isolieren.« Augenblicklich fiel er vornüber und schlief ein. Bennett kletterte auf den Rücksitz. Das war sein letzter Ausflug nach Vassar.

Bei allem hatten die beiden jungen Männer ihre andere Aufgabe in Vassar vergessen: nach den Nacktfotos zu forschen, die von ihnen im ersten Semester in Blaine gemacht worden waren. Sie waren überzeugt, daß die Fotos jetzt in den Händen eines reinen Frauen-College wie Vassar waren. Sie zuckten jedesmal zusammen, wenn sie an diese Bilder dachten und daran, daß sie sich zusammen mit ihren Kommilitonen wie Schafe in einer Reihe aufgestellt und auf Befehl ihre Kleider abgelegt hatten, um sich im Adamskostüm von vorn und hinten fotografieren zu lassen. Das war während der Orientierungswoche für Erstsemester, als man sie durch das Krankenrevier scheuchte. Ein Mann mit Krawatte und sicherem Auftreten erklärte ihnen, er führe eine soziologische Untersuchung über den Zusammenhang zwischen Studienerfolg und Körpertyp durch. Also stellten sie sich an, und jeder von den sechshundert, die sie waren, zog sich ohne auch nur eine einzige Verweigerung vor einer der Kameras aus. Das war 1966. Ungefähr ein Jahr später gingen die beiden Jungs eines Abends gegen Mitternacht von der Bibliothek nach Hause, als Bill sich plötzlich an die Stirn schlug und sagte: »Heiliger Strohsack, wir sind nackt fotografiert worden. Wir haben diese Scheißkerle Nacktaufnahmen von uns machen lassen.«

Bennett lernte Bill in einem Physik-Kurs für Anfänger kennen. Die Studenten berechneten die Geschwindigkeit eines Geschosses, das mit einer bestimmten Anfangsgeschwindigkeit von der Erde abgeschossen worden war und die Höhe *y* erreicht hatte. Bill hatte sofort die richtige Antwort parat. »Können Sie uns Ihre Berechnung an der Tafel vorführen, Mr. Prudhomme?« sagte der Professor finster. Bill ging an die Tafel und kritzelte rasch zwei kurze Gleichungen hin. »Ich habe die Energieerhaltung genutzt«, sagte er achselzuckend. Der Professor schien sich zu ärgern und sagte: »Sie sollen die Gravitationskraft über die Flugbahn integrieren. Die Energieerhaltung behandeln wir in diesem Kapitel nicht.« Bill erwiderte: »Die Kraftmethode dauert länger. Dieses Problem ist am besten mit der Energieerhaltung zu lösen.« Damit wischte sich Bill den Kreidestaub von den Händen, schritt zu seinem Platz zurück und begann, in einer Raubkopie der *Quantum Mechanics* von Dicke und Witke zu lesen.

Bill trug keine schwarze Armbinde, um gegen den Vietnamkrieg zu protestieren, wie es andere Studenten taten. Er ging nicht zur Veranstaltung der Studentenschaft, um den Außenminister mit Bananen zu bewerfen. Ihm ging es um anderes. So beklagte er ständig das schnelle, reglementierte Tempo der modernen Gesellschaft. Die meisten Gegenwartsprobleme ließen sich seiner Meinung nach auf die gedankenlose Hetze des Alltags zurückführen. Im Denken war Bill schnell, doch für alles übrige nahm er sich Zeit. Um seiner Haltung Nachdruck zu geben, trug er immer und überall Pantoffeln.

Eines Sonntags im Frühling ihres zweiten Studienjahres hingen die beiden in Bills Doppelzimmer herum und studierten die Zeitung, als Bill auf einen winzigen kleinen Artikel stieß, der wie ein Stück eingemachter Ingwer auf Seite 37 versteckt war. Darin hieß es, Astronomen hätten jetzt Beweise dafür gefunden, daß das

Universum zwei Milliarden Jahre älter sei als bisher angenommen. »Da haben wir's«, schrie Bill, immer noch im Schlafanzug. »Die kosmische Atemfreiheit, um die Dinge in die richtige Perspektive zu rücken. Jetzt sieht alles ganz anders aus.« Verwirrt löste Bennett den Blick von den vorderen Seiten der Zeitung. »Wieso steht diese wichtige Entdeckung aber auf Seite 37?« sagte Bill ärgerlich. »Keiner wird die Zeit haben, um bis dahin zu lesen.«

»C'est vrai«, seufzte Stuart, Bills Zimmergenosse, der auch zu seinen zahlreichen Bewunderern gehörte. Stuart war so spindeldürr, daß man den Eindruck hatte, seine Kleidung werde ferngesteuert. Er trug eine giftgelbe Krawatte und lag ausgestreckt auf der Couch. »Wißt ihr, wie wenig Menschen sich heute die Zeit nehmen, ein Buch zu lesen?« fuhr Stuart fort. »Nur jeder hundertste liest mehr als zwei Bücher im Jahr.« »Quelle«, forderte Bill. »Die Zeitschrift *Vanguard«*, sagte Stuart, mit sich selbst zufrieden. »Du solltest statt Zeitschriften Bücher lesen«, sagte Bill. Stuart zuckte zusammen. »Aber Zeitschriften bringen Tatsachen«, sagte Stuart zu seiner Verteidigung. »Tatsachen!« schrie Bill. »Tatsachen schon. Aber wer kennt die Tatsachen? Die Menschen glauben an eine Welt, die teils die wirkliche Welt ist und

teils eine, wie sie sie gern hätten. Keiner kennt den Unterschied. Deshalb benötigen wir die Wissenschaft.« »*Exactement*«, sagte Stuart und ließ es diesmal dabei bewenden.

Stuart studierte ebenfalls im Hauptfach Physik. Er gehörte aber nicht zur Physiker-Elite. Bennett und Bill gehörten dazu. In einer frühen Phase ihres Studiums hatte ein abtrünniger Lehrbeauftragter namens Harvey Galvinston sie unter seine Fittiche genommen. Galvinston hatte eine Auseinandersetzung mit der Verwaltung gehabt, über die man nichts Genaueres wußte, und daraufhin beschlossen, ein Mini-Department unter seiner persönlichen Leitung zu gründen. Er sicherte sich einen großen Raum im Kellergeschoß des Physik-Gebäudes, stellte fünf Schreibtische hinein, für sich und vier Studenten, und erklärte sein Privat-College für eröffnet. Graduierte Studenten hatten keinen Zutritt. Es gab eine Tafel, mehrere Bücherregale und eine grell fluoreszierende Deckenbeleuchtung. Es ging tief hinunter.

Galvinston wählte seine Jünger danach aus, wie sie bei einer einzigen Frage abschnitten: Gesetzt, ein reibungsloser Käfer rutscht im Uhrzeigersinn, von der Zwölf-Uhr-Position aus, auf dem reibungslosen Rand einer Uhr entlang: Bei welcher Stundenmarkierung wird er herunterfallen? Es war genau die richtige Frage für einen angehenden theoretischen Physiker. Sobald einer von den vier Tischen in seinem unterirdischen Bereich frei wurde, durchstreifte Galvinston die Physik-Kurse und trug jedem frischgebackenen Studenten, der ihn anhörte, flüsternd sein Käferproblem vor. Bennett und Bill hatten die Prüfung bestanden.

Galvinstons Studenten kamen, nachdem ihnen ein Platz im Kellergeschoß zuerkannt worden war, in den Genuß eines fortgeschrittenen Einzelunterrichts in allen Zweigen der Physik. Das bedeutete Mehrarbeit, die zu den regulären Vorlesungen hinzukam, aber sie waren wißbegierig, der Unterricht war ausgezeichnet, und es gefiel ihnen, wenn Galvinston grinsend ein neues Konzept an der Tafel erläuterte. Außerdem empfanden sie sich als eine besondere Auslese. Da Galvinston sich nach Art der Renaissance-Meister für die gesamte Bildung seiner Lehrlinge verantwortlich fühlte, hatte er im Keller ein Regal mit Romanen eingerichtet, die sie lasen und über die sie sprachen, wenn sie bei physikalischen Problemen nicht mehr weiterkamen.

Bill hatte eine sonderbare geistige Behinderung. In der neunten Klasse war er im Badezimmer ausgerutscht und mit dem Kopf auf den gekachelten Boden geschlagen, und anschließend hatte er zehn Tage im Koma gelegen. Als er wieder zu sich kam, war er geistig in Ordnung, nur daß er Menschen außerhalb ihres gewohnten Umfeldes nicht erkannte.

Bill kannte Bennett aus dem Labor, und wenn er ihn dort traf, erkannte er ihn sofort. Wenn er Bennett aber irgendwo auf dem Campus oder im Speisesaal oder selbst in Galvinstons Keller traf, mußte Bennett sich ihm jedesmal wieder vorstellen. Er sagte dann: »Hi Bill«, und Bill blieb verdutzt stehen und fragte: »Könntest du mir sagen, woher ich dich kenne?« Darauf sagte Bennett: »Bennett aus dem Labor«, und Bill sagte: »Ach ja, Bennett«, und alles fiel ihm wieder ein. Wenn Bennett das Labor nicht an seinen Namen anhängte, fand Bill die Erinnerung nicht wieder. Schließlich sagte Bennett, wann immer er seinen Partner in anderer Umgebung traf, von vornherein: »Ich bin Bennett aus dem Labor.«

Jeder, den Bill kannte, hatte sein besonderes Ortsschild. Stuart war für ihn in der Wohnung erkennbar, sonst aber nicht. Professor Michels, bei dem Bill Thermodynamik hatte, konnte überall in Jefferson Hall, dem Physik-Gebäude, identifiziert werden. Professor Davidson, bei dem er Geschichte hörte, war für ihn nur im Waschsalon an der Lincoln Street erkennbar, wo Bill ihm zum ersten Mal begegnet war. Professor Kurfess vermochte er allein im großen Lesesaal der Bibliothek zu identifizieren.

Bill lernte Bennett im Physiklabor für Studienanfänger kennen. Anschließend erkannte er ihn in jedem Laboratorium. Die Oszilloskope und Federn des Physiklabors konnten in Bills Unterbewußtsein irgendwie zu den Reagenzgläsern und Zentrifugen des Chemielabors werden. Bennett war Bennett aus einem Labor, irgendeinem Labor.

Gelegentlich fragte sich Bennett, welches Minimum an Laboratmosphäre Bill benötigte, um ihn zu erkennen. Würde er ihn in einem Raum mit einem einzigen Bunsenbrenner und einem Labortechniker im weißen Kittel erkennen? In einem Raum mit fünf Bunsenbrennern, aber mit Leuten, die Monologe aus *König Lear* rezitierten? Bennett hatte durch Experimentieren herausgefunden, daß ein einzelnes Stück Laboreinrichtung nicht ausreichte. Einmal brachte er, als er Bill in dessen Wohnung besuchte, ein Voltmeter mit. Beim Eintreten sagte er nicht: »Ich bin Bennett aus dem Labor.« Er sagte bloß: »Ich bin Bennett«, und zeigte das Voltmeter vor. Es funktionierte nicht. Auf Bills Gesicht zeigte sich der übliche verwirrte Ausdruck, und er fragte: »Könntest du mir sagen, woher ich dich kenne?«

Schließlich war Bennett mit seinem Erkennungszeichen nicht mehr zufrieden. Wieso mußte er »Bennett aus dem Labor« sein? Er war nicht gut im Labor. Seine Experimente fingen Feuer. Er wollte ein anderes Zeichen. Wieso konnte er nicht Bennett aus dem Thermodynamik-Kurs sein, wo er Triumphe feierte? Oder Bennett aus dem Holster-Hof, einem herrlichen Fleck, wo er oft neben einem weißen Hartriegel saß und ungestört las. Er brachte Bill dazu, mit ihm in diesen Hof zu gehen, und stellte sich vor Bills Augen neben dem Hartriegel auf. »Schau«, sagte Bennett, »ich bin im Holster-Hof. Ich bin Bennett aus dem Holster-Hof.« Als er seinen Freund eine Woche später im Holster-Hof traf, erkannte Bill ihn nicht, ehe er nicht sagte, er sei Bennett aus dem Labor.

Bills Marihuanaverbrauch steigerte sich. In ihrem letzten Studienjahr war Bill jedesmal high, wenn Bennett ihn traf. Das Doppelzimmer vom Vorjahr hatte er gegen ein Einzelzimmer eingetauscht, das er nur selten verließ. Ständig waren mehrere Freunde bei ihm. Bennett, der nicht mehr Bills Laborpartner war, besuchte ihn mehrmals pro Woche. Bills Zimmer war ein dunkler Wahnsinns-Wald. Die Lampen blieben

Tag und Nacht aus, es brannte nur ein rotierendes blaues Licht in der Mitte des Zimmers. Um die Sonne fernzuhalten, hatte Bill die Fenster mit Decken verklebt. Die Luft war voller Rauch, und das blaue Drehlicht drang einmal in der Minute durch den Rauch, wie ein Suchscheinwerfer durch Nebel. Jimi Hendrix sang aus dem Einbauschrank. Bennett trat ins Zimmer, stand, in die rauchige Dunkelheit hineinspähend, in der Tür und sagte: »Bennett aus dem Labor«. »Mach die Tür zu«, sagte Bill, »du läßt das Licht rein.« Bennett machte die Tür zu, und als seine Augen sich an das dämmrige Licht gewöhnt hatten, erkannte er, daß Bill und seine Freundesclique auf Kissen in den Winkeln des Zimmers lagerten.

»Bennett, mein lieber Freund!« sagte Bill. »Was passiert in der Welt der Wissenschaft?« »Nicht viel«, antwortete sein alter Laborpartner. »Gut«, sagte Bill, »weil ich nicht möchte, daß mir was entgeht. Hier in diesem Zimmer passiert sehr viel, aber es passiert ganz allmählich.« »Jawohl, Sire!« sagte einer von Bills Freunden. »Bleib doch ein bißchen«, sagte Bill. »Zieh deine Schuhe aus.« Bennett zog seine Schuhe aus und setzte sich auf ein Kissen.

»Erzähl uns von den Quarks«, sagte einer von Bills Anhängern feierlich von seinem Kissen in der Ecke aus, und Bill begann mit einem komplizierten Vortrag über Teilchenpyhsik, dem seine Zuhörer hingerissen lauschten, unterbrochen nur von einem gelegentlichen Ausruf, wenn einer an dem Joint zog, der die Runde machte. Nach ein bis zwei Hendrix-Songs und weiteren Ausführungen über den Kosmos sagte Bennett: »Bill, du mußt aufhören, Dope zu rauchen. Du richtest dich zugrunde.« Auf diese unsanfte Bemerkung hin stöhnte einer von Bills Freunden so etwas wie: »Verdammt, Prudhomme, wer ist dieser Blödmann?«, und Bill sagte: »Bennett ist mein Laborpartner, er ist okay.«

»Bill, du mußt mit diesem Zeug aufhören«, sagte Bennett wieder. »Ich kann jederzeit aufhören, wenn ich will«, sagte Bill. »Okay«, sagte Bennett, »dann hör ab nächsten Dienstag auf.« Bill sagte darauf: »Ich könnte ab nächsten Dienstag aufhören, wenn ich wollte, aber ich will nicht.« »Du willst nicht, weil du nicht kannst«, erwiderte sein alter Laborpartner. »Schon gut, ich hör ab nächsten Dienstag auf«, sagte Bill. »Deinetwegen.«

Bennett kam am Dienstag wieder und stieß in Bills Zimmer auf dichten Nebel. »Ich dachte, du wolltest heute mit dem Rauchen aufhören«, sagte er. »Ich wollte«, sagte Bill, »und ich hätte es gekonnt. Bestimmt hätte ich es gekonnt. Aber ich hab's mir anders überlegt. Ich kann jederzeit aufhören, wenn ich will.« »Du kannst es nicht«, schrie Bennett, um die Guitarre von Jimi Hendrix zu übertönen. »Du richtest deinen Verstand zugrunde.« Bill gab schreiend zurück: »Nächsten Dienstag hör ich auf.« »Du bist ein blöder Trottel«, sagte Bennett. »Du glaubst, du könntest mich reinlegen.« »Ab nächsten Dienstag hör ich auf«, sagte Bill. Bennett ging und knallte die Tür hinter sich zu.

So ging es monatelang weiter. Bennett wurde immer zorniger. Er sagte einige harte Dinge, die er später bereute. Er wollte nicht, daß Bill sein Talent zerstörte. Was er aber noch weniger ausstehen konnte, war die Tatsache, daß sich Bill nicht mehr in der Gewalt hatte.

Bennett stellte für seinen Freund einen Entzugsfahrplan auf, der es ihm erlauben sollte, seinen Marihuanakonsum innerhalb eines Monats auf Null zu bringen. Der Plan erwies sich als nutzlos, genau wie Bennetts Wahrscheinlichkeitsberechnungen für seinen Onkel. Das einzige, was sich von Woche zu Woche änderte, war die Höhe des Briefstapels vor Bills Tür, darunter ungeöffnete Briefe vom Dekan.

Als Bennett das letzte Mal zum Zimmer seines alten Laborpartners ging, es war Anfang Mai, meldete er sich an der Tür einfach als Bennett. »Könntest du mir sagen, woher ich dich kenne?« drang eine Stimme aus dem süß duftenden Dunst. »Ich bin einfach Bennett«, sagte Bennett und ging.

BENNETT LEBTE PRAKTISCH an seinem Schreibtisch in Galvinstons Keller. Gelegentlich ging er, um an einem lästigen Kurs teilzunehmen, so wie man eine Mücke totschlägt, dann kehrte er in den Keller zurück. Das eigentliche Lernen fand hier statt, mit Galvinstons Einzelunterricht und Bennetts eigener Lektüre und den märchenhaften Berechnungen, die er an seinem Schreibtisch anstellte. Nach und nach bestätigte sich sein Verdacht, daß die Welt durch Gleichungen beschrieben wurde. Er berechnete die Raleigh-Streuung, die die Bläue des Himmels erklärte, das gravitative Drehmoment, das die Präzession der Äquinoktialpunkte erklärte, die Quantenwahrscheinlichkeit dafür, daß ein Alphateilchen in einen Atomkern eindrang. Bisweilen berechnete er zum Spaß auch prosaische Phänomene wie die Trajektorie eines Papierknäuels.

Sein Onkel Malcolm in Memphis schrieb und bat ihn um Hilfe bei der Bestimmung der optimalen Lagerhaltung im Geschäft. Wenn am Ende der Saison zu viele Artikel übrigblieben, würden sie beim Heruntersetzen der Preise Einbußen haben, wenn sie jedoch zu wenig auf Lager hielten, machten sie beim Umsatz Verluste. Außerdem hatten die einzelnen Hersteller unterschiedliche Lieferfristen. Malcolm hatte das Lager jahrelang nach Gefühl geführt, doch neuerdings wurde er mächtig kritisiert, und er fragte sich, ob sein wissenschaftlicher Neffe nicht irgendwelche Ideen hatte. Bennett las den Brief von Onkel Malcolm morgens an seinem Schreibtisch, und es dauerte keine dreißig Minuten, bis er zwei Differentialgleichungen geschrieben und gelöst und seinem Onkel telefonisch die optimale Strategie durchgegeben hatte. Noch nie hatte er sich so stark gefühlt.

Nach Bills Abdriften war Bennett oft allein im Keller, wo er zufrieden vor sich hin arbeitete, bis Mitternacht, an Wochenenden. In einer Schublade hatte er Dosen mit Thunfisch. Samstags oder sonntags erschien Galvinston. »Sie sind wohl rein gar nicht zu bremsen«, sagte er, wenn er Bennett sah, »die Fluchtgeschwindigkeit haben Sie schon erreicht.« Manchmal trat der Lehrbeauftragte dann an Bennetts Schreibtisch, oder er ging einige Minuten lang vor der Tafel hin und her, bevor er sich an seinen Schreibtisch setzte, einen dicken Stoß weißen, unlinierten Papiers hervorholte und mit seinen eigenen Berechnungen begann, wobei er mit einem Bein unter dem Tisch herumwippelte. Galvinston gegenüber brauchte Bennett nicht zu erklären, warum er seinen Schreibtisch im Keller mehr schätzte als New York mit einem Mädchen oder das Cantrell Gymnasium, wo die Menge brüllte »Blaineys, macht sie alle«. Galvinston verstand das. Jeder ernsthafte Physiker unter vierzig – das lernte Bennett – verschlang die Wissenschaft. Nach vierzig konnte ein theoretischer Physiker es ein bißchen laufen lassen, einem Hobby frönen oder sich seiner Familie widmen. Aber bis dahin war an Kürzertreten nicht zu denken. Besessenheit gehörte zum Ethos. Galvinston war ebenso besessen wie Bennett. Doch aus irgendeinem Grund hatte er noch keine größere Arbeit vorgelegt. Er war bereits dreißig.

Im Frühling seines letzten Studienjahres beschloß Bennett, in Blaine zu bleiben, um in Physik zu promovieren. Die meisten rieten ihm davon ab. Er solle woanders hingehen, zum Beispiel an die Westküste. Aber Bennett hörte nicht darauf. Er hatte kein Bedürfnis, woanders hinzugehen oder andere Leute kennenzulernen. Außerdem hatte Blaine ein ausgezeichnetes

Graduiertenprogramm. Bennett blieb. Galvinston ging. Galvinston hatte keine Unterstützung gefunden. »Sie schätzen die Lehre nicht«, sagte er verbittert an dem Tag, als er packte. Galvinston war ein vorzüglicher Lehrer, der sich um seine Studenten kümmerte, aber Bennett verachtete ihn insgeheim, weil er in der Forschung nichts zustande brachte. Die Forschung war der Inbegriff der Wissenschaft.
Als Galvinston fort war, mistete die Verwaltung seinen unterirdischen Raum aus, als hätte dort eine große Ratte gehaust, und wandelte ihn in ein Computerlabor um. Bennett zog in ein anderes fensterloses Zimmer am selben Flur um. Seine neue Arbeitsstätte maß ungefähr drei mal drei Meter. Sie besaß einen Schreibtisch und eine braune Couch, die ein früherer Diplomkandidat zurückgelassen hatte. Eine Tafel war da. Als Dekor kaufte Bennett eine große Plastikpflanze mit roten und grünen Blättern und ein unanständiges Poster mit Popeye und Olive Oyl.

Professor Davis Jacoby, ein brillanter theoretischer Physiker in Blaine, vergab an Bennett eine Aufgabe für Forschungsanwärter. Bennett sollte ein Problem generalisieren, mit dem sich ein britischer Wissenschaftler befaßt hatte: Angenommen, wir geben identische

Teilchen in einen kugelförmigen Behälter. Die Teilchen haben Energie und sausen herum. Dabei üben sie aufeinander gravitative Anziehung aus. Anfangs werden die Teilchen sich wie ein gereizter Bienenschwarm verhalten und sich erst an einer, dann an einer anderen Stelle zusammenballen. Doch schließlich beruhigen sie sich, ballen sich nicht mehr zusammen und kommen ins Gleichgewicht. Die Frage war: Wie verteilen sich die Teilchen nach Erreichen dieses Gleichgewichts?
Der britische Wissenschaftler hatte die Frage mittels mathematischer Berechnungen beantwortet und seine Ergebnisse publiziert. Dabei hatte er überraschend entdeckt, daß die Teilchen *nie* ins Gleichgewicht kommen würden, wenn ihre Gesamtenergie unter einem bestimmten kritischen Betrag blieb. Einige Teilchen würden in diesem Fall ad infinitum fortfahren, sich im Zentrum der Kugel immer dichter zu ballen, und andere würden mit zunehmender Beschleunigung im Behälter umherflitzen, ad infinitum. Diese erschreckende Möglichkeit wurde unter der Bezeichnung »gravothermische Katastrophe« bekannt. Sie war rein theoretisch. Aber das waren die ersten Berechnungen der Atombombe schließlich auch.
Bennetts Aufgabe bestand nun darin, das Problem

nochmals anzugehen, wobei die Teilchen aber nicht als identisch angenommen wurden, sondern eine Mischung aus leichten und schweren Teilchen bildeten. Anders als beim Käferproblem oder den Aufgaben, die er als Student gelöst hatte, war die Antwort nicht bekannt. Er konnte sie in keinem Buch nachschlagen. Die Lösung konnte Monate in Anspruch nehmen. Aber falls sie ihm gelang, würde Professor Jacoby ihn zu einem seiner sechs Doktoranden machen.

Professor Jacoby forderte das Material an, das Bennett benötigte – einen großen Vorrat an weißem, unliniertem Papier und einen Papierkorb –, und überließ ihn sich selbst. Bennetts Kandidatenaufgabe war weitaus interessanter als das Käferproblem. Aber worauf bezog sie sich? Was hatte sie zu bedeuten? Nachdem er einige Tage lang an seinem Schreibtisch gesessen hatte, ging Bennett ins Erdgeschoß des Physik-Gebäudes hinauf und klopfte schüchtern an die angelehnte Tür des Professors. Professor Jacoby erhob sich von seinem Schreibtisch und lächelte. Davis Jacoby war ein schlanker, drahtiger Mann mit lockigem, blondem Haar. Er war vierzig. Er trug grelle Hawaiihemden, ein Überbleibsel seiner Jahre an der Universität in Berkeley. Jeder wußte, daß Jacoby unbedingt wieder nach Kalifornien wollte. In Berkeley hatte man ihn dem

Vernehmen nach rausgeschmissen, weil er mit der Frau eines seiner Studenten geschlafen hatte. Bennett fand diese Story erstaunlich, weil sie sich in genau derselben Zeit abgespielt haben mußte, in der Jacoby seine berühmte Arbeit über Raumzeit-Singularitäten vollendet hatte.

Jacoby hörte sich Bennetts Fragen an und rückte dann damit heraus, daß die hypothetischen Teilchen einem Haufen von Sternen entsprachen, die alle unter ihrer gegenseitigen Anziehung umeinander kreisten, und jeder Stern von einem Teilchen in Bennetts Problem repräsentiert wurde. Sternhaufen hatte man durch Teleskope beobachtet. Der Umlauf eines einzelnen Sterns in einem Haufen konnte, wie man berechnet hatte, hunderttausend Jahre dauern, aber das war ein Tropfen auf den heißen Stein, weil das Universum zehn Milliarden Jahre alt war. Wie konnte aber ein riesiges gasförmiges Gebilde wie ein Stern in seinen Berechnungen durch ein winziges Teilchen ersetzt werden, wollte Bennett wissen. »Eine Näherung«, sagte Jacoby. Und was war mit dem Behälter? Was entsprach ihm? Bennett wußte nicht, daß Astronomen unermeßliche kosmische Kugeln entdeckt hatten, die im All schwebten und Millionen von Sternen enthielten. Professor Jacoby räumte ein, daß der riesige Behälter eine Fiktion sei, argumentierte aber, daß er das Problem kläre und einer mathematischen Behandlung zugänglich mache. Außerdem spielte der Behälter, wenn die gravothermische Katastrophe in Gang gekommen war, sowieso keine Rolle mehr. Das stimmte. Aber wieso sollte Bennett das Problem nochmals mit einer Mischung von Teilchen unterschiedlichen Gewichts lösen? »Oh«, sagte Jacoby mit einer ausladenden Armbewegung, »wir wollen so realistisch wie möglich sein. Reale Sternhaufen bestehen bekanntlich aus einer Mischung von Sternen.«

Nur wenige Wochen, und Bennett war völlig in einer hypothetischen Welt versunken. Er brauchte nur eine Gleichung auf sein weißes Papier zu schreiben, und schon tauchten Zehntausende von Sternen auf, die in seiner Vorstellung durchs All torkelten. Er brauchte nur ein mathematisches Symbol einzufügen, und schon prallten die Sterne von den Wänden eines gewaltigen kosmischen Behälters ab. Wenn er seine Arbeit unterbrach, um Thunfisch zu essen, blieben die Sterne schlagartig stehen – Zehntausende von Sonnen in einem angehaltenen Trickfilm –, bis er seinen letzten Bissen heruntergeschluckt hatte und zu seinen Berechnungen zurückkehrte.

Er erkannte bald, daß sein Problem nicht von fundamentaler Bedeutung war. Und die Grundlinien der Lösung hatte bereits ein anderer Wissenschaftler erarbeitet. Dennoch sah er sich einer Frage gegenüber, die bisher nicht beantwortet worden war. Ein Großteil dessen, was die Welt ausmachte, beruhte auf gutgläubiger Annahme. Bennett begriff, daß er sich in seinem Wissen weitgehend auf andere verlassen mußte. Doch jede unverifizierte Tatsache forderte ihren kleinen Preis. Nach und nach hatte er so mit seiner Unabhängigkeit und seinem Selbstvertrauen bezahlen müssen. Jetzt hatte er eine Chance, etwas Wahres über die Welt zu entdecken, etwas absolut Wahres, ohne sich auf irgendwen verlassen zu müssen. Er schwebte in allen Wolken. Er war begeistert von seinem Problem mit den Teilchen und der Kugel, und er trug seine Seiten mit Berechnungen immer und überall bei sich, als wären es Erbschaftsdokumente.

Es gab noch einige andere neue Physik-Kandidaten, die von Professor Jacoby getestet wurden, und jeder war von seiner Kandidatenaufgabe wie besessen. Alle hatten winzige Arbeitszimmer im selben Kellerbereich von Jefferson Hall, alle hatten ihr erstes Kursjahr abgeschlossen. Da war Dalip Chandra, ein Inder, der wie durch ein Wunder von seinem kleinen Stipendium auch noch zu Hause in Indien eine Familie ernährte. Um Geld zu sparen, wohnte er in seinem Arbeitszimmer. »Laß uns sorgfältiger darüber nachdenken«, pflegte er mit seiner sanften Stimme zu sagen. Nach einem Jahr wurde seine Frau krank, und er mußte nach Indien zurück. Da war ein junger Mann aus New York mit schütter werdendem Haar und einer Brille mit schwarzem Gestell, über das er hinwegschaute, wenn er mit jemandem sprach. Zu Beginn seines zweiten Jahres erklärte er, seine Kurse seien bisher trivial gewesen. Als Bennett ihm sein Problem mit den Teilchen und der Kugel schilderte, erklärte er auch das für trivial. Jenkins war ein Bursche aus Kalifornien, dünn wie eine Bohnenstange, mit einem blonden Pferdeschwanz. Er hielt sich nie in seinem Arbeitszimmer auf. Er saß dauernd auf einer Bank draußen unter dem Jefferson-Bogen, saß da und starrte in die Gegend und tat scheinbar nichts. Aber er dachte nach. Später machte er eine bemerkenswerte wissenschaftliche Karriere. Ein junger Mann namens Hamilton aus dem mittleren Westen schrieb unaufhörlich Seiten um Seiten mit Gleichungen voll. Er konnte im Gehen schreiben. Er schrieb anders als die übrigen auf liniertem Papier, und seine Gleichungen standen dicht beieinander, waren sehr eng geschrieben und schwer zu entziffern, wie militärische Geheimnisse auf Mikrofilm. Hamilton prahlte und rühmte sich nie, hatte aber soviel innere Sicherheit, daß er seine Berechnungen mit einem Kugelschreiber und nicht mit Bleistift ausführte.

Die Kandidaten arbeiteten nicht zusammen. Sie waren bemüht, sich zu beweisen, den Respekt des Meisters zu gewinnen, und das konnte nur jeder für sich allein. Später bildeten diejenigen, die in Jacobys Gruppe aufgenommen wurden, eine Gemeinschaft, gingen ständig beieinander ein und aus, diskutierten ihre Forschungsarbeiten, neue Entwicklungen in der Physik, Zeitschriftenartikel und Preprints. In diesem Stadium aber hatten sie noch keine realen Probleme gelöst, hatten noch nicht bewiesen, daß sie dazu fähig waren, es in der Wissenschaft zu etwas zu bringen, und sie gehörten noch nicht zur Gruppe. Sie arbeiteten für sich, jeder in seinem winzigen Arbeitszimmer, und ihre Obsessionen waren etwas Persönliches.

Bennett wohnte in einer nicht weit vom Campus entfernten Atelierwohnung, hielt sich dort aber wenig auf. Er schlief dort, duschte dort, erhielt Briefe von seiner Mutter und bisweilen von seinen Brüdern. Der Kühlschrank blieb leer, abgesehen von einigen Coladosen und einer Tüte Soda.

Bennett liebte es, spätnachts nach Hause zu laufen. Er folgte einem steinernen Pfad, der sich über den Campus schlängelte, vorbei an Fontänen, durch Höfe, vorbei an der Bibliothek, der alten steinernen Kathedrale. Der Pfad wurde beiderseits von Gaslaternen erleuchtet. An Herbstabenden schwebte ein feiner Dunst in der Luft, und der Dunst glühte rosa von den Gaslaternen. Im Winter erhoben sich beiderseits des Pfades hohe Schneehaufen und bildeten einen Kanal. Manchmal stellte er sich vor, auf dem Mond durch unter der Oberfläche verlaufende Tunnel zu wandern. Außerhalb des Campus folgte er der Bow Street bis zur Silver Lane und zu seiner Wohnung. Es war ein wunderschöner Spaziergang, und es waren die einzigen raren Momente des Tages, in denen er nicht an die Physik dachte. Gelegentlich dachte er an Leila und fragte sich, ob sie ihn vermißte, und er dachte an John. Die Stadt ging früh zu Bett, so daß die Wegstrecke auf der Bow Street völlig im Dunkeln lag. In klaren Nächten setzte er sich, zu Hause angekommen, auf die Stufen zum Hauseingang, sog die Nachtluft ein und blickte hinauf zu den deutlich erkennbaren, stummen Sternen, erhaben und unbehaust.

AN VIELEN TAGEN VERLIESS Bennett sein kleines Arbeitszimmer im Keller von Jefferson Hall lediglich, um den Korridor hinunterzugehen und telefonisch durchgegebene Mitteilungen in Empfang zu nehmen. Sein Arbeitszimmer hatte keinen Anschluß. Der letzte Benutzer des Zimmers, ein bärtiger und ungewöhnlich stiller junger Mann aus Südafrika, hatte die Steckdose aus einem unerfindlichen Grund neu verdrahtet und für alle normale Kommunikation vollkommen unbrauchbar gemacht. Bennetts Telefon war in einem anderen Zimmer am Ende des Korridors angeschlossen worden.

Mitteilungen für ihn lauteten meist ähnlich wie die folgende: »Professor Thules sagt, daß die Raumzeit-Singularität tatsächlich zweidimensional ist, was aus einer Ordinatentransformation zu ersehen ist.« »Sind Sie sicher, daß Sie seinen Namen richtig verstanden haben?« wollte Bennett von Jellison wissen, der in dem Büro arbeitete und die Nachricht aufgenommen

hatte. »War es nicht möglicherweise Leonard Thalp aus Minnesota?« Jellison reckte einmal kurz den Hals und wandte sich wieder seinen Abrechnungen zu. Jellison machte seit fünfundzwanzig Jahren die Auftragsabrechnungen für das Physik-Department und hatte etliche Generationen von graduierten Studenten kommen und gehen sehen. »Sie haben hier Ordinatentransformation geschrieben«, fuhr Bennett fort. »Sollte es nicht Koordinatentransformation heißen?«
»Ich bin nicht Ihr Sekretär«, sagte Jellison ohne aufzublicken. »Auf meinem eigenen Apparat kommen auch Anrufe.«
Bennett hatte nichts gegen Jellison persönlich, und es störte ihn auch nicht, daß er über den Korridor mußte, um seine Nachrichten in Empfang zu nehmen, doch die Ungenauigkeit der Mitteilungen ging ihm gegen den Strich. Irgend etwas verstand Jellison immer falsch. Bennett wünschte peinliche Genauigkeit. Die Mitteilungen für ihn mußten hundertprozentig stimmen. Also besorgte er sich einen Anrufbeantworter. Die Klingel schaltete er stumm.
Erst spätabends, bevor er nach Hause ging, spielte er die tagsüber aufgezeichneten Anrufe ab. Er schloß Jellisons unbeleuchtetes Büro auf, setzte sich auf den kleinen Kiefernholzstuhl neben der Tür und hörte in

dem schwachen Licht, das vom Korridor hereinfiel, die Mitteilungen ab.
Eines Abends, es war recht spät, und das Gebäude war still und verlassen, drückte Bennett auf die Abspieltaste des Apparats und vernahm die folgende Nachricht: »Danke, ich habe die Bücher bekommen. [Lange Pause] Ich habe hin und her überlegt, ob ich Sie anrufen sollte. Ich möchte mich für mein Verhalten entschuldigen. [Pause] Ich schäme mich ein bißchen. Ich weiß nicht, warum ich so was tue. Ich möchte nicht, daß Sie mich für einen schlechten Menschen halten. Im Grunde bin ich kein schlechter Mensch. [Lange Pause] Es ist einfach so, daß ich mich manchmal gegenüber anderen nicht richtig verhalte. Ich weiß nicht, warum ich mich so verhalte. Ich bin kein schlechter Mensch. [Pause] Auf Wiederhören! Sie brauchen nicht zurückzurufen.«
Ein Name wurde nicht genannt. Es war die Stimme eines Mannes mit einem leichten ausländischen Akzent. Bennett kannte sie nicht. Er saß in dem schwachen Licht und hörte das Band mehrmals ab, wurde aber nicht schlau daraus. Schließlich löschte er es und ging nach Hause. Doch die Mitteilung ging ihm nicht aus dem Sinn. Diese Stimme tat weh. Wer mochte das sein? Was hatte die Mitteilung zu bedeuten? Hatte er

jemandem Bücher geschickt, vielleicht schon vor Monaten, und es vergessen? Sicher war die Mitteilung versehentlich bei ihm angekommen, war nicht für ihn bestimmt. Aber sie ging ihm nicht aus dem Kopf. Kannte er diesen Mann? Kannte er diesen Mann?

BENNETT ARBEITETE BEREITS drei Monate an seinem Projekt, als er auf eine Schwierigkeit stieß. Er hatte alle Gleichungen aufgestellt und mit ihrer Lösung begonnen, aber irgend etwas stimmte nicht. Eines war klar: Wenn er die beiden Gruppen von Teilchen, mit denen er arbeitete, identisch sein ließ, reduzierte sich sein Problem auf jenes, das der britische Wissenschaftler gelöst hatte, und er mußte genau dieselbe Lösung erhalten. Er erhielt sie aber nicht. Folglich mußte irgendwo ein Fehler stecken. Er ging seine Berechnungen nochmals durch, konnte jedoch nichts entdecken. Aber da mußte ein Fehler sein.
Am anderen Morgen ging er früher als gewöhnlich in sein Arbeitszimmer, stellte seine Aktentasche an der Tür ab, und während er geduldig seine Bleistifte spitzte, überdachte er das Problem noch einmal. Er trank einen Schluck Kaffee aus einem Styroporbecher. Dann setzte er sich an seinen Schreibtisch und überprüfte erneut seine Gleichungen. Er arbeitete den Vor-

mittag durch, ließ sich eine Pizza bringen und arbeitete weiter. Irgendwo auf dem Korridor unterhielten sich Leute, Studenten, und er machte seine Tür zu und öffnete sie wieder, weil es heiß im Zimmer wurde. Er konnte keinen Fehler entdecken. Er ging kurz hinaus, um etwas zu essen, und traf dabei niemanden, den er kannte. Er grübelte und grübelte, als er an diesem Abend nach Hause ging, auf dem hübschen sich schlängelnden Pfad, vorbei an Fontänen, Höfen, der Bibliothek, der alten steinernen Kathedrale. Er kam sich dumm vor und war zornig auf sich. Es handelte sich um ein einfaches Problem. Das hatte Jacoby gesagt.

Als er anderntags in sein Arbeitszimmer kam, spitzte er seine Bleistifte, stellte seinen Kaffeebecher ab und haute mit der Faust auf den Tisch. »Da steckt ein Fehler drin«, sagte er zu der Tafel. »Ich weiß, da steckt ein Fehler drin, und heute werde ich ihn finden.« Er riß ein Blatt von der roten Plastikpflanze ab und rammte dessen Stengel durch den Styroporbecher, so daß der schwarze Kaffee auf seinen Schreibtisch floß. Dann wischte er den Kaffee und die Styroporbrocken fort und machte sich an die Arbeit, beginnend mit der ersten Gleichung. Er nahm sich jede einzelne Gleichung vor und quälte sie so lange, bis sie ihm sagte, daß sie richtig war. Dann ging er zur nächsten über. Manche Gleichungen leitete er nochmals neu ab, auf einem gesonderten Blatt weißen, unlinierten Papiers. Wenn er eine Seite überprüft hatte, knüllte er sie zusammen, ganz fest, und warf sie in Richtung Papierkorb. Er arbeitete einen Haufen Papier durch. Nachdem er immer noch keinen Fehler entdecken konnte, schlug er spätabends wieder mit der Faust auf den Tisch, stopfte die Papiere in seine Aktentasche und ging nach Hause. Er konnte nicht richtig schlafen. Im Halbschlaf träumte er, an seinem Schreibtisch zu sitzen, und dann hatte er das wache Bewußtsein von seinem Körper im Bett und seinem Versagen und seiner Furcht, den Fehler niemals zu finden und Blaine in Schande zu verlassen.

Am Morgen studierte er wieder und wieder den Artikel des britischen Wissenschaftlers und fragte sich, was er wohl falsch machte. Er spitzte seine Bleistifte, öffnete seine Aktentasche und begann erneut. Der Lärm draußen, das Gerede der Leute, ärgerte ihn auch heute, und er beschloß, seine Tür geschlossen zu lassen und sich mit der Hitze abzufinden.

So ging es zwei Monate lang. Am Ende kannte er die Gleichungen auswendig.

Gelegentlich hatte er das Verlangen, um Hilfe zu bitten, mit einem der anderen Studenten oder mit Professor Jacoby über seine mißliche Lage zu sprechen. Aber er konnte es nicht. Es handelte sich um eine einfache Berechnung. Er konnte nicht wegen eines so einfachen Problems um Hilfe bitten. Dennoch stand er einmal sogar schon mit seinen zerknitterten Berechnungen vor Jacobys Tür. Aber weiter kam er nicht. Wenn er seinen Mitkandidaten begegnete, schlug er die Augen nieder. Bestimmt kamen sie besser voran. Er hatte das gräßliche Gefühl, nicht die nötigen Fähigkeiten zu besitzen.

Er wußte nicht, warum, aber immer öfter ging er statt zur Arbeit in einen öffentlichen Park, zwei Meilen vom Campus entfernt. Es gab dort einen japanischen Garten. Er ließ sich in der Nähe einer kleinen roten Brücke nieder, die einen Bachlauf überquerte, und lauschte, wie das Wassser über die Steine plätscherte. Eingehend betrachtete er den Boden um sich herum, bewunderte einen Marienkäfer, der an einem dünnen Grashalm entlangkrabbelte. Das Wasser war Musik. Er stellte sich vor, daß unmerkliche Variationen der Strömung, winzige Steinbröckchen, Windstöße seinen Ton geringfügig abwandelten. Er stellte sich vor, eine Symphonie zu hören. Während er ihr lauschte, betrachtete er die Mütter, die mit ihren Sportwagen vorübergingen. Sie schienen mit ihrem Leben zufrieden zu sein. Sie verweilten, um die Kapuzinerkresse zu betrachten oder Steinchen in den Bach zu werfen. Die Mütter machten gemächlich halt, setzten ihrem Baby die heruntergerutschte Mütze wieder auf, hielten ein freundliches Schwätzchen, lachten und gingen weiter. Die Luft roch nach frischen Zitronen. Er wollte bleiben. Tag für Tag kehrte er in den Park zurück, um das Glück der Mütter zu beobachten, den Duft frischer Zitronen einzuatmen und dem Plätschern des Wassers zu lauschen.

Es war vor dem Frühstück, und er stand gerade in seiner Wohnung unter der Dusche. Mit einem Mal wurde sein Körper leicht wie eine Feder. Sein Kopf hob sich, wuchs aus den Schultern heraus, und er fühlte sich wie damals, als er mit einem Segelboot davongeschwebt war. Das Boot war mit normaler Geschwindigkeit gefahren, aber der Wind war äußerst stark gewesen. Plötzlich hob sich der Rumpf aus dem Wasser, und von aller Schwere befreit, begann das Boot zu fliegen, so als hielte eine Riesenhand den Mast gepackt und trüge es wie einen hüpfenden Stein über die Wasseroberfläche.
Er schwebte. Er sank zu Boden, während das Wasser weiter über seinen Kopf strömte, und erkannte seinen Fehler, sah augenblicklich die ganze Lösung seines Problems. Eine Mischung von Teilchen war anfälliger als ein einheitlicher Bestand; bei einer Mischung wurde der Eintritt der gravothermischen Katastrophe wahrscheinlicher. Die Antwort stand als eine schöne

Kurve vor seinem geistigen Auge, und er zitterte und fröstelte. Es mußte stimmen. Er sprang aus der Dusche. Ohne sich anzuziehen oder auch nur abzutrocknen trat er an den Küchentisch und holte die Seiten mit den Berechnungen und einen neuen Stoß weißen Papiers hervor und begann zu schreiben. Er vergaß die Zeit, er vergaß seinen Körper. Er war völlig außer sich, außerhalb der Welt. Nur zwei Stunden, und sein Problem war mit allen quantitativen Einzelheiten überarbeitet. Zitternd setzte er die Lösung in eine graphische Darstellung um, und sie deckte sich mit der Kurve, die ihm vorschwebte. Die Gleichungen, die in den letzten Monaten matt und verdächtig geworden waren, wurden lebendig, und sie stimmten, sie waren elegant, sie glänzten wie ein Mond über Bäumen.

Er begriff nicht, wie er auf seinen Fehler gestoßen war, jedenfalls nicht dadurch, daß er von einer Gleichung zur nächsten fortschritt. Sein Unterbewußtsein hatte das Problem auf seine eigene schlanke Art studiert, den Fehler aufgespürt, und war dann auf die Antwort gesprungen. Ein Jahr später wurde ihm klar, daß es tatsächlich ein triviales Problem gewesen war, wie sein Studienkollege gesagt hatte. Und das Sakrament der Gewißheit war womöglich nichts als eine Illusion. Doch die Empfindung des Schwebens, dieser plötzlich aufsteigende Wind der Entdeckung, war keine Illusion gewesen. Er war real. Und in jenem Augenblick war er, der Entdecker, für eine Weile der einzige Mensch auf der Welt, der von dieser Neuheit wußte. Unverzüglich würde er sich anziehen und sich in sein Arbeitszimmer begeben, unverzüglich würde er Professor Jacoby seine Resultate unterbreiten und seinen Kollegen erklären, daß er seine Resultate in *The Physical Review* veröffentlichen wollte. Doch in den ersten Momenten an seinem Küchentisch war er allein mit seiner Entdeckung, er wußte etwas Wahres, von dem niemand sonst etwas wußte, und er hatte ungeheure Macht in der Welt.

DAVIS JACOBY WAR WIE EIN Magnet. Wenn er einen ansah, hatte man das unabweisbare Gefühl, daß gleich etwas Großes geschehen würde, wünschte man, in seiner Nähe zu bleiben. Es war diese Eigenschaft, die in gleichem Maße wie seine Leistungen in der Physik Studenten aus aller Welt anlockte. Gerade erst etwas über vierzig, hatte er bereits mehrere Generationen erstklassiger junger Physiker ausgebildet, und er war einer der wenigen Naturwissenschaftler, die eine »Schule« begründet hatten. Eigene methodologische Schulen waren rar in der Naturwissenschaft, deren höchstes Ziel die körperlose Gleichung, das reproduzierbare Experiment war. Nach landläufiger Meinung spielte der persönliche Stil keine Rolle. Auch auf Stammbäume und Abstammungslinien von Studenten und Lehrern kam es nicht an. Jacoby dagegen hielt das Verhältnis zwischen Mentor und Schüler für überaus wichtig. Seine neuen Studenten wies er stets darauf hin, daß er bei Leonid Baliw, nach dessen

Flucht in die Vereinigten Staaten, studiert hatte und daß Baliw ein Schüler des großen russischen Theoretikers Lew Dawidowitsch Landau gewesen war. Davis sah seine Rolle als Mentor vor allem darin, seine Studenten selber lehren zu lassen. Erzeuge eine kritische Masse brillanter graduierter Studenten und gehe in Deckung. Seine einzige Bedingung, die er nie laut aussprach, war, daß seine Studenten die Türen ihrer Arbeitszimmer offenhielten. Auf diese Weise konnten die Kettenreaktionen ungehindert überspringen.

Davis ließ auch seine eigene Tür auf. Als Bennett seine Kandidatenaufgabe mit den Teilchen und der Kugel abgeschlossen hatte, ging er zu ihm hinein. Davis saß an seinem Schreibtisch; er hatte sein Hemd mit den blauen und grünen Tukanen an. Er guckte hinter einem hohen Papierstapel hervor – das riesige Lehrbuch, an dem er seit zehn Jahren arbeitete. Jedesmal wenn das Buch fast fertig war, bekam er Wind von einer neuen Entwicklung an der vordersten Front der Forschung und bestand darauf, sie einzuarbeiten. Das Ungetüm wurde inzwischen auf einen Umfang von über 1200 Seiten veranschlagt, viel zu viel, als daß es zu einem für Studenten erschwinglichen Preis angeboten werden konnte.

Der Professor begrüßte Bennett herzlich. »Sieht so aus, als hätten Sie mir etwas zu zeigen«, sagte er fröhlich und schob den Manuskriptberg auf seinem Schreibtisch vorsichtig zur Seite. Er begann, Bennetts Diagramme und Gleichungen sorgfältig durchzugehen. »Ja, ich verstehe«, sagte er von Zeit zu Zeit, »ich verstehe«. Dann, nach fünf Minuten, blickte er auf und sagte: »Sehr hübsch. Sie sollten das aufschreiben und es bei der *Physical Review* einreichen. Dolores wird es tippen.« Dann langte er in einen Aktenschrank und überreichte Bennett ein schwarzes Notizbuch. »Nehmen Sie es mit«, sagte er, »und suchen Sie sich ihr nächstes Problem aus.«

Bennett hatte von dem schwarzen Buch gehört. Nur Studenten, die direkt mit Davis zusammenarbeiteten, bekamen es zu sehen. Das schwarze Notizbuch enthielt die berühmten »Jacoby-Rätsel«, eine Sammlung von wichtigen ungelösten Problemen der theoretischen Physik. Bedeutsame Forschungsprobleme waren oft nicht schwerer zu lösen als unbedeutende. Man mußte bloß einen Riecher für die richtigen Fragen haben. Ein aus dem schwarzen Notizbuch ausgewähltes Dissertationsproblem war garantiert bedeutsam.

Bennett war überglücklich. Er nahm sich vor, unverzüglich John zu schreiben und ihm von diesem Augenblick zu berichten. »Fühlen Sie sich in Ihrem Arbeitszimmer wohl?« sagte Davis. »Ausgezeichnet«, sagte Bennett. »Wir haben hier ein paar junge Spitzenkräfte«, sagte Davis grinsend. »Sie haben ein schwieriges Problem gelöst.« Er schüttelte Bennett die Hand. Bennett murmelte etwas davon, wie stolz er sei, mit Davis zu arbeiten, klemmte sich das schwarze Notizbuch unter den Arm und ging hinaus. Lange lief er im gelben Sonnenlicht umher und setzte sich dann unter einen Baum und begann seinen Brief an John, den dieser natürlich nicht beantworten würde. Dann konnte er nicht mehr widerstehen, ließ seinen Stift sinken und fing an, in den Jacoby-Rätseln zu blättern.

Seine eigene Forschung betrieb Davis gewöhnlich nicht im Institut. Es war jedoch klar, welche Probleme ihn besonders interessierten. An den Wänden des Korridors vor seinem Amtszimmer hingen verschiedene eingerahmte Wetten zwischen ihm und anderen berühmten Physikern. »Davis Jacoby wettet mit Demetrius Sourkis, daß Weiße Löcher den Drehimpuls nicht erhalten. D. J. setzt fünf Flaschen Kentucky-Bourbon und D. S. vier Flaschen Kalvos-Quzo.« Ein

Weißes Loch war so etwas Exotisches und Hypothetisches, wie es sich Physiker gerade noch vorstellen konnten. Aber es war typisch für die Dinge, mit denen Davis sich befaßte. Keines seiner Forschungsprobleme bot auch nur die geringste praktische Perspektive. Mit seinen Fähigkeiten in Physik und Mathematik hätte er in Los Alamos, bei Bell Labs oder Hewlett Packard sein Gehalt selbst festsetzen können. Er wollte jedoch nicht an Dingen arbeiten, die in den nächsten hundert Jahren vorstellbare materielle Konsequenzen haben konnten. Er wollte seine Physik rein haben. Die Forschungsprobleme in dem schwarzen Notizbuch waren so rein wie die Meditationen eines buddhistischen Mönches.

Im Laufe der Jahre gewann Davis nach und nach sämtliche Wetten an der Wand. Außer seiner fachlichen Begabung besaß er eine bemerkenswerte physikalische Intuition, so etwas wie einen Riecher. Er hatte ein tiefes physikalisches Gespür für die Welt und vermochte noch das komplexeste Phänomen auf eine Reihe von rotierenden Kreiseln, Federn oder Wasserwellen zu reduzieren, die er vor seinem geistigen Auge sah. Neue Probleme durchschaute er von Anbeginn. Wenn er einem Studenten ein Thema vorschlug, sagte er: »Ich denke, die Lösung wird ungefähr so aussehen«, und schon skizzierte er sie. Details nannte er nicht. Er kannte sie nicht. Aber er kreiste die Antwort ein. Ein halbes oder ganzes Jahr später, wenn der Student die Details entwickelt hatte, paßten sie genau in Davis' Kreis hinein. Er hatte seine Freude daran, solche Vorhersagen zu machen und sie bestätigt zu finden. Und wenn er sich, was selten vorkam, einmal geirrt hatte, starrte er, den Kopf vollkommen still haltend, erregt auf den definitiven Computerausdruck oder die entsprechenden mathematischen Gleichungen. Nach einer Weile dann sprang er von seinem Schreibtisch auf, schlug sich an die Stirn und rief unbekümmert: »Natürlich! Was war ich für ein Idiot!« Dann begann er hin und her zu laufen, tief in Gedanken versunken, und ordnete die Landmarken seines Kosmos neu, unter Berücksichtigung dieser neuen Erkenntnis. Bennett hatte den Eindruck, daß Davis sich über einen Irrtum mehr freute als über eine Bestätigung. Wenn er sich geirrt hatte, lernte er etwas hinzu.

Als Bennett ihm das schwarze Notizbuch zurückbrachte, hüpfte Davis vergnügt in seinem Arbeitszimmer herum. Das Kopiergerät war defekt. Seit vierundzwanzig Stunden waren alle Studenten mürrisch und gedrückt. »Es ist herrlich«, sagte er. »Jetzt müssen sie die Zeitschriftenartikel lesen, statt sie bloß zu kopieren.« Er gab Bennett ein Zeichen, sich auf der Couch niederzulassen, und kam schließlich herüber, um sich zu ihm zu setzen. Er hinkte ein wenig. Es hieß, er sei mit acht von einer Muskelerkrankung befallen worden. Tägliche Heilgymnastik hatte ihm geholfen, an einem Gerät mit Flaschenzügen, Gewichten und Übersetzungen, das er Stunden um Stunden studierte. Dann verbesserte er es. Dann wurde er Physiker.

»Ich möchte das Problem zur Gravitationsstrahlung in starken Feldern bearbeiten«, sagte Bennett. »Gut«, sagte Davis. »Welches sind Ihre Randbedingungen bei Unendlichkeit?« Bennett blickte verständnislos. Er kannte Randbedingungen aus den ersten Physiksemestern, wußte aber nicht, daß er bei diesem Problem welche brauchte. »Das Problem ist nicht wohlformuliert, wenn Sie nicht genaue Angaben über die Felder bei Unendlichkeit machen«, sagte Davis. »Sie müssen ein Problem hinreichend genau bestimmen, damit es eindeutig eine definitive Lösung hat. Das ist dann ein wohlformuliertes Problem. Das ist es, was Sie brauchen. Ihr Problem mit den Teilchen und der Kugel zum Beispiel wäre ohne Angaben über die Gesamtenergie der Teilchen nicht wohlformuliert gewesen.« Davis hielt inne, so als fiele ihm etwas ein. »Es gibt

Fragen«, sagte er dann, »die nicht wohlformuliert werden können. Zum Beispiel: Gibt es einen Gott? oder: Wären wir vielleicht glücklicher, wenn wir länger lebten?«

In diesem Augenblick kam die Sekretärin herein. »Jenny ist am Apparat«, sagte die Sekretärin. »Sie ist auf Ihrem Anschluß nicht durchgekommen, und es ist dringend.« »Sagen Sie ihr, ich rufe in einer halben Stunde zurück«, sagte Davis. Jenny war seine Mutter. Er fuhr in seinen Anleitungen fort. »Ehe Sie anfangen, an einem Problem zu arbeiten, müssen Sie wissen, daß es tatsächlich eine definitive Antwort gibt. Vergeuden Sie keine Zeit mit einem schlechtformulierten Problem.«

Bennett nickte. Als er zurück in sein Arbeitszimmer kam, setzte er sich auf den Fußboden, dachte nach über das, was sein Professor gesagt hatte, und kam zu dem Schluß, daß er noch keinem Menschen begegnet war, der so klug war wie Davis Jacoby. Er wollte so viel wie möglich von dem Meister lernen. Als erstes schwor er sich, nie wieder eine Minute an ein schlechtformuliertes Problem zu verschwenden.

Davis wohnte in einem großen Haus in der Taylor Street. Er lebte allein. Hin und wieder zog für kurze

Zeit eine Frau bei ihm ein, aber keine Beziehung hielt länger als sechs Monate. Alle seine Studenten kannten sein großes Haus in der Taylor Street, denn dort gab er seine Partys. Das Haus war ungewöhnlich, er hatte es sich gebaut, nachdem er einen reichen Onkel beerbt hatte. Es war eine neumodische Villa, die überhaupt nicht in die Umgebung paßte. Davis selbst hatte sie entworfen. Außen war sie weiß verputzt und zur Straße hin mit einer breiten Veranda versehen, unter kreisrunden angewinkelten Fenstern. Drinnen gab es zahllose Räume. Zwischengeschoß-Balkone an unerwarteten Stellen und in der Mitte des Hauses einen Whirlpool. In den Korridoren standen große blaue und grüne Emailvasen mit Farnwedeln.

Auf Davis' Partys konnte ein junger Student die besten Physiker der Welt kennenlernen, oft in betrunkenem Zustand. Bennett machte dort die Bekanntschaft von Demetrius Sourkis, nachdem dieser seine Wette verloren hatte. Sourkis hatte Einstein persönlich gekannt, und ein Dutzend Studenten lauschte ihm hingerissen eine Stunde lang, als er von Einsteins letzten Jahren am Institute for Advanced Study erzählte. Im Anschluß an seine Geschichten legte sich Professor Sourkis auf einer Couch schlafen. Bennett hatte in Davis' Haus auch schon Igor Stroblich kennengelernt, der zu einer Konferenz an der Universität Chicago wollte. Stroblich hatte die Stroblich-Eichung für Axionfelder entdeckt und konnte Differentialgleichungen im Kopf lösen. Er ließ sich in einem leeren Zimmer im Obergeschoß nieder, und Davis' Studenten traten der Reihe nach bei ihm ein, um jeweils zwanzig Minuten lang mit ihm über ihre Forschungen zu sprechen. Drei Stunden später tauchte Stroblich auf, ein großes Glas Bourbon in der Hand, und verkündete lauthals, er bewundere die Vereinigten Staaten, und die USA und Rußland könnten viel Geld sparen, wenn sie ihre Spionagesatelliten gemeinsam betrieben.

In Bennetts letztem Jahr wurde Davis endlich mit seinem monumentalen Lehrbuch fertig, und auf einmal begann er, sich seltsam zu verhalten. Als man ihn einlud, einen der Hauptvorträge auf der Jahrestagung der American Physical Society zu halten, brüllte er zum Entsetzen Bennetts und anderer Studenten Dolores an, sie solle die Einladung absagen. »Wer hat denn die Zeit, einen Vortrag für Miami zu schreiben?« schrie er, in der Tür seines Arbeitszimmers stehend. »Denken die vielleicht, daß ich nicht mehr forsche?« Eine Woche später kam die Anfrage, ob er nicht in einem Ausschuß der National Academy of Sciences mitwirken wolle. Er wurde so wütend, daß er nicht einmal darauf antwortete.

Davis versenkte sich immer tiefer in seine Arbeit und trieb sich zu dem hektischen Tempo an, mit dem auch seine Studenten arbeiteten. Die Abende verbrachte er in seinem Arbeitszimmer, dessen Tür nun verschlossen blieb. Einmal, als Bennett gegen Mitternacht aus der Bibliothek kam, sah er Davis aus seinem Zimmer treten, mit blutunterlaufenen Augen und verbitterter Miene. Bennett erkannte ihn fast nicht wieder. Davis grüßte ihn mit einem merkwürdigen Ausdruck der Verlegenheit und eilte über den Korridor davon. Eine Woche später legte Tarker, ein Student im dritten Jahr, eine elegante Lösung des Problems vor, an dem auch Davis arbeitete. Davis gratulierte ihm überschwenglich. Doch sein Arbeitszimmer verließ er erst am nächsten Morgen wieder. Wenn er zusammen mit seinen Studenten Artikel verfaßte, setzte er seinen Namen an die letzte Stelle oder ließ ihn ganz fort.

Schließlich publizierte Davis überhaupt nichts mehr, blieb aber noch etliche Jahre in Blaine. Auch seine eingerahmten Wetten blieben an der Wand, nur daß jedes Jahr eine oder zwei abgenommen wurden, denn nach und nach erwies sich als richtig, was er in seiner Jugend scharfsinnig vorhergesagt hatte.

Als Bennett mit seiner Doktorarbeit fertig war, gab Davis natürlich eine Party für ihn. Es kamen eine Menge Leute. Bennett hatte dafür gesorgt, indem er auch noch Einladungen an Bekannte von Bekannten schickte, Leute, die er überhaupt nicht kannte.
Es war eine sehr warme Nacht im Juni. Die Fenster standen offen. Hin und wieder klopfte ein Nachbar an und verlangte, daß die Musik leiser gestellt wurde. Davis bat die Leute herein und bot ihnen ein Bier an. »Wir haben heute abend einen frischgebackenen Doktor der Philosophie unter uns«, sagte er laut und rief nach Bennett. Jemand brüllte: »Brauchen Sie einen Quantenmechaniker?« »Was, es ist kein Bier mehr da?« stellte Davis fest. »Wie ist das möglich?« Er schickte einen Studenten zu »Limo's«, um für Nachschub an Bier und Pizza zu sorgen.
Einige zogen die Schuhe aus und tanzten. Ein Professor hatte Platten von Steely Dan und Fleetwood Mac mitgebracht. Ein paar Leute saßen herum und fachsimpelten oder warteten darauf, daß die nächste Bierlieferung von »Limo's« kam. Zwei Paare, die keiner kannte, kamen herein und gingen schnurstracks in

den Whirlpool-Raum, zogen sich bis auf die Unterwäsche aus und setzten sich, Champagner trinkend, ins heiße Wasser.
Bennett hatte man einen Cowboyhut mit einem daran baumelnden Diplom aufgesetzt. Er war in Hochstimmung. Er ging von Zimmer zu Zimmer, grüßte in die Runde und nahm Glückwünsche entgegen. Er war abgefüllt mit Bier. Er ging ins Badezimmer, und auf einmal wünschte er, daß John da wäre, und er setzte sich auf die Toilette und schrieb einen Brief an ihn. »Ich habe soeben meinen Doktor gemacht. Ich bin auf dieser wunderbaren Party. Ich habe keine Freunde unter den Gästen. Wieso schreibst du mir nicht, du Arschloch?« Bennett stand auf und mischte sich wieder unter die Leute.
Bei der Tanzerei und dem Lärm wurde es heiß. Durch die offenen Fenster summten Fliegen herein, angezogen von der Pizza und verschüttetem Bier. Im Wohnzimmer wand sich eine Bauchtänzerin zu einem Stück von den Rolling Stones. »Was, schon wieder kein Bier mehr da?«, schrie Davis, der sich irgendwo im Haus herumtrieb. Ein Doktorand wurde losgeschickt.
Ein Fotograf, der mit Davis bekannt war, kreuzte auf; er hatte mehrere Kameras um den Hals hängen. Jemand erklärte, er sei ein Intellektueller, ein sehr bele-

sener Mensch, der es für seine Pflicht halte, Mitglieder des akademischen Establishments zu fotografieren. Einige seiner Fotos waren zu einem Buch zusammengestellt worden. Der Fotograf stellte sein Stativ auf. Sofort ließen sich Fliegen auf seinem seltsam riechenden Gerät nieder. »Was geht hier vor?« schrie er und versuchte die Fliegen zu verscheuchen, ohne sein Stativ umzuwerfen. Eine der Frauen, die im Whirlpool gesessen hatte, kam hereingetrippelt und legte ein feuchtes Handtuch über die Kamera des Fotografen. »Was geht hier vor?« schrie der wieder. Dann sagte er, niemanden speziell ansprechend: »Wenn ich Geld hätte, wäre ich ein berühmter Mann.« »Hier hast du ein Bier, Steven«, sagte Davis fröhlich. »Warum holst du dir niemand zum Tanzen?«

Kurz nach Mitternacht beging der Physiker Andrzej Baleski den Fehler, Davis zu einem Wettsaufen herauszufordern. Wodka pur. Baleski hatte in Blaine einen Graduiertenkurs in Quantenphysik abgehalten und war im Begriff, nach Warschau zurückzufliegen. Baleski konnte trinken. Aber Davis hatte Stroblich in Moskau besucht und dort ebenfalls gelernt, wie man richtig trank. Nach der ersten Flasche war klar, daß Davis der Sieg gehörte, aber er war nicht geneigt, Baleski so leicht davonkommen zu lassen. Er war erbarmungslos. Er nutzte Baleskis Stolz aus und hörte erst auf, als auch die zweite Flasche fast leer war. Schließlich fing Baleski an, auf den orangeroten Navajo-Teppich zu kotzen, und torkelte davon, ohne seine Niederlage eingestanden zu haben.

Selbst mit einem Liter Wodka im Blut war Davis in glänzender Form. In dieser Nacht fühlte er sich jung und zu allem fähig. »Wir brauchen noch Bier«, brüllte er, ohne in der Küche nachzuschauen, und schickte noch einen Studenten zu »Limo's«. Er klopfte Bennett auf den Rücken, brachte abermals einen Toast auf seine Dissertation aus und führte ihn in eines der Wohnzimmer, wo eine kosmologische Diskussion im Gange war. Ein Jungakademiker namens Price hatte die Ungezwungenheit der Situation genutzt, um den Professoren ein paar unangenehme Fragen zu stellen. Als Davis hereinkam, dirigierte Price ihn sogleich in eine Ecke. »Wie würden Sie das Universum gestalten, wenn Sie es nach Belieben einrichten könnten?« fragte Price. Er verfügte über eine ungewöhnliche poetische Veranlagung. »Das ist eine verflixte Frage«, brüllte Davis. Aber er hatte angebissen. Er ließ sich in einem roten Ledersessel nieder und überlegte. Ein Dutzend Studenten und Professoren scharten sich rülpsend um ihn und warteten auf seine Antwort.

Schließlich sagte Davis: »Ich würde das Universum sehr viel größer machen. Es ist zu klein.« »Zu klein?« fragte Price. »Bis in eine Entfernung von zwei Millionen Lichtjahren kennen wir das Weltall ziemlich gut«, sagte Davis. »Das ist die Entfernung bis zum Andromedanebel, der nächstgelegenen großen Galaxie. Wir haben ausgezeichnete Fotos von ihm, wir wissen, woraus er besteht. Der Rand des beobachtbaren Universums ist nur fünftausendmal weiter entfernt als Andromeda. Das ist keine große Zahl. Er könnte fünf Billionen mal weiter weg sein. Oder fünf Zillionen mal. Ich finde das Universum beengend. Ich hätte es sehr viel größer gemacht. Das Universum ist zu klein.«
Beim letzten Satz von Davis roch Bennett den Wodka, und plötzlich war er ganz woanders. Er war ein Kind, in seinem Bett, und Florida strich ihm ganz behutsam mit einem in Alkohol getränkten Handtuch über den Kopf, strich ihm über den Kopf und sang dabei ihr trauriges, schönes Lied.

Bennett holte die Zigarrenkiste neben seinem Bett hervor. Die Scalapino-Affäre lag ein Jahr zurück, und er war vor kurzem in ein Haus im Südwesten von Baltimore umgezogen. Vorsichtig hielt er die Kiste in der Hand und betrachtete die alten, vertrauten Bilder. Sein Vater auf der vorderen Veranda. Sein Vater und seine Mutter bei einem Strandspaziergang. Sein Vater in Marineuniform. Ihm fiel die Geschichte ein, die Sidney ihm vor Jahren erzählt hatte, als er zwölf oder dreizehn gewesen war. Die beiden waren allein zu Hause und aßen in der Küche ihr Mittagessen, als Sidney überraschend begann, Bennett von einem schrecklichen Vorfall im Zweiten Weltkrieg zu berichten. Bis dahin hatte Sidney nie mehr als ein paar Sätze an Bennett gerichtet, und auch hinterher sagte er nicht mehr, aber die Geschichte, die er seinem Sohn an diesem Tag in der Küche erzählte, enthielt so anschauliche Einzelheiten, daß Bennett sich jederzeit genau an sie erinnern konnte.

Es war am 9. September 1943, bei der Landung in Salerno. Sidney war Leutnant zur See. Er fuhr auf der *Orion* und hatte einige Landungsboote unter sich. Diese Boote waren rund fünfzehn Meter lang, blaugrau, und beförderten Mannschaften und Gerät von den Truppentransportern an das unter Sperrfeuer liegende Ufer. Bei einem Landungsunternehmen näherten sich die Truppentransporter dem feindlichen Ufer bis auf zehn Meilen, knapp außer Reichweite der Artillerie, wo sie ankerten und die Invasionstruppen auf ihre Landungsboote überwechselten. Die Landungsboote waren richtige Zielscheiben. Sie wurden von der Artillerie mit Granaten beschossen. Feindliche Flugzeuge griffen sie im Tiefflug mit Bordwaffen an. Es war einfacher und effizienter, Männer zu töten, wenn sie noch dichtgedrängt in einem kleinen Boot kauerten, als wenn sie nach der Landung über den Strand verteilt waren. Jedes Boot verfügte zur Abwehr über zwei hinter Panzerplatten montierte Maschinengewehre Kaliber .50, aber es war schwer, angreifende Flieger innerhalb von Sekunden genau auszumachen, und die Artilleriegranaten kamen aus dem Nirgendwo. Der unsichtbare Tod konnte die Männer außerdem in Gestalt von Unterwasserminen in Ufernähe treffen.
Die Landungsboote fuhren in geschlossenen Wellen

los, und ihre Bewegungen mußten koordiniert werden. Das war Sydneys Aufgabe. Er fuhr selbst in einem Boot mit und gab den anderen durch Handzeichen Navigationsbefehle. Waren die Boote gelandet und hatten sich geleert, fuhr er zurück zur *Orion* oder einem anderen Truppentransporter in der Nähe und lud nochmals Mannschaften und Gerät.

Am 9. September 1943 griff die amerikanische 5. Armee von der *Orion* und fünfhundert weiteren US-Kriegsschiffen aus die Küstenstadt Salerno an, um die Deutschen aus Italien zu vertreiben. Sidney hatte Befehl, Truppen vom Transporter *Edgar Allan Poe* abzuholen, sie an der Küste an einem bestimmten Abschnitt, genannt »Green Beach Two«, abzusetzen und dann zur *Orion* zurückzukehren. Am »Green Beach Two« würde es ungemütlich werden, aber es war wichtig, daß Sidneys Truppe genau dort landete, um einen entscheidenden Straßenabschnitt für die vorrückenden amerikanischen Truppen zu bauen.

Sidney holte seine Leute wie befohlen ab. Als er den Transporter vor der Abfahrt ein letztes Mal umkreiste, ging der Kapitän der *Edgar Allan Poe* an die Lautsprecheranlage und befahl allen Booten in der Nähe, nach dem Absetzen ihrer ersten Fracht zu seinem Schiff zurückzukehren.

Dann begann die Invasion. Sidney holte seine Boote zusammen und gab Befehl, in Richtung Ufer hin und her zu pendeln. In der Ferne waren Kampfflugzeuge zu hören. Die Bucht von Salerno war ungeheuer schön mit ihrer steil aus dem Meer aufsteigenden geschwungenen Küstenlinie und den blendendweißen Stränden. Sie hatten ungefähr zwei Meilen zurückgelegt, als ein amerikanisches Patrouillenboot heranrauschte und für die nachfolgenden Boote einen schützenden Rauchschleier legte.
Als sie aus dem Rauch wieder auftauchten, rund eine halbe Meile von der Küste entfernt, brach die Hölle los. Direkt vor ihnen wurde ein großes Ladungsboot, das halb auf dem Strand lag, von Artilleriegranaten zerfetzt. Auf einer Klippe über dem Strand stand eine Reihe deutscher Panzer mit 88-Millimeter-Geschützen. Sidney konnte sie durch seinen Feldstecher sehen. Alle paar Sekunden blinkte einer der Panzer auf und erzeugte ein winziges Licht. Dann sauste eine Granate durch die Luft und explodierte. Das Boot auf dem Strand stand in Flammen. Ringsum im Wasser trieben Leichen. Plötzlich krachte eine Granate nur zehn Meter vor Sidneys Boot ins Meer. Wasser spritzte herein. Das Boot schwankte heftig, die Luft wurde von stechendem Korditgeruch erfüllt. Zehn Sekun-

den später krachte eine Granate dicht hinter ihnen nieder. Wieder spritzte Wasser ins Boot. Man hatte sich auf ihre Position eingeschossen. Die deutschen Panzer leisteten gute Arbeit.

Innerhalb der nächsten fünf Sekunden beschloß Sidney, den Booten den Befehl zum Rückzug zu geben, heraus aus der Schußweite der 88er. Seine Kehle war so trocken, daß er kaum sprechen konnte. Stammelnd teilte er dem Signalgast den Befehl mit. Die Boote machten kehrt. Die meisten der Männer waren so voller Angst, daß sie glasige Augen bekommen hatten, doch der Steuermann warf ihm einen durchdringenden, rätselhaften Blick zu. War es ein fragender Blick? Oder ein Ausdruck der Empörung? Die Boote wichen zurück, wie befohlen. Schließlich landeten sie zwei Meilen die Küste hinauf an einer Stelle mit geringerer Kampftätigkeit und kehrten für eine zweite Beladung zur *Edgar Allan Poe* zurück.

Zwei Tage später wurde Sidney zum Kapitän der *Orion* beordert. Als er bei ihm eintrat, saß der Kapitän hinter seinem runden Schreibtisch, ein Mann in den Fünfzigern, von massiger Gestalt und mit seinen weißen Haaren stattlich anzusehen. Er hatte das selbstsichere Auftreten von Sidneys Vater, der oft damit prahlte, daß sein Sohn Marineoffizier war.

Der Kapitän der *Orion* saß mit gefalteten Händen hinter seinem Schreibtisch und richtete seinen Blick fest auf den jungen Leutnant, als dieser eintrat. »Schließen Sie bitte die Tür, Mister«, sagte der Kapitän. Der Kapitän beugte sich vor, um seinen Schuh zuzuschnüren, dann richtete sich sein Blick wieder auf Sidney. »Mister, Ihre Handlungsweise vorgestern hätte uns Menschenleben kosten können.« Sidney begann zu zittern. Der Kapitän fuhr fort: »Warum sind Sie nicht befehlsgemäß zur *Orion* zurückgekehrt?«
»Ich erhielt Befehl vom Kapitän der *Edgar Allan Poe*, für eine weitere Fracht zu seinem Schiff zurückzukehren«, sagte Bennetts Vater. Der ältere Mann schlug mit der Faust auf den Tisch. »Der Kapitän der *Edgar Allan Poe* war dazu nicht berechtigt«, brüllte er. »Dieser Mann ist ein Idiot. Hierher hätten Sie kommen müssen. Verstanden?« »Ja, Herr Kapitän«, sagte Sidney. »Das ist alles, Mister«, sagte der Kapitän.
Vor der Tür des Kapitäns lehnte sich Sidney gegen das Bullauge, kurz vor dem Zusammenbruch. Er hatte zwei Nächte nicht geschlafen. Es war wie ein Wunder, daß der Kapitän seinen Rückzug nicht erwähnt hatte. Der Kapitän hatte tatsächlich seinen Rückzug nicht erwähnt. Aber das war auch nicht nötig.
Während Sidneys verbleibender Dienstzeit bei der

Marine kam der eine oder andere der Männer, die er bei Salerno befehligt hatte, gelegentlich zu ihm und sagte: »Ich hätte es genauso gemacht wie Sie, auf dem Strandabschnitt wäre ich nicht gelandet.« Sidney wollte nicht darüber sprechen. Er sprach nie mehr darüber – bis an diesem Nachmittag mit seinem Sohn.

Sidney hatte Bennett nicht angeschaut, während er seine Geschichte erzählte. Er blickte auf seinen Teller. Danach saßen die beiden wortlos da. Dann sagte Sidney plötzlich, er habe nie den Erwartungen seines Vaters entsprochen. Er sagte, er wünschte, er wäre bei der Invasion von Salerno in seinem Boot gefallen.

Bennetts Magen verwandelte sich in einen Stahlklumpen. Er hatte das Bedürfnis, einen Teil seines Körpers wegzukratzen. Er hatte das Bedürfnis, etwas zu sagen. Er hatte das Bedürfnis, die Arme um seinen Vater zu legen. Aber er konnte nur stumm dasitzen.

BENNETT HÖRTE EIN LAUTES surrendes Geräusch. Es ärgerte ihn, wenn ihn etwas beim Nachdenken störte. Und jetzt, um elf Uhr abends und obwohl er die Jalousie heruntergelassen und die Tür seines Arbeitszimmers geschlossen hatte, wollten ihn seine Ohren nicht in Ruhe lassen. Er hielt sich mit einer Hand ein Ohr zu und kritzelte mit der anderen die Gleichungen hin. Aber damit blieb das andere Ohr ungeschützt, und es blieb das laute surrende Geräusch.

Er erhob sich von seinem Schreibtisch und ging, dem Geräusch folgend, über den Korridor in den Raum mit den Bändern. Garfund war da und machte irgendwas mit einem seiner Bänder. »Ich bewege die Bänder«, rief er, bevor Bennett noch fragen konnte. »Laß mich bitte in Ruhe. Oder hilf mir.«

Garfund schwitzte mächtig und hatte sich das Hemd aufgeknöpft. Die Computerbänder, die normalerweise in den grauen Metallregalen ruhten, lagen aufgesta-

pelt auf den Tischen. Zu Hunderten. Garfund ließ ein Band durch ein winselndes, surrendes Vakuum-Laufwerk von einer Spule auf die andere laufen.
»Die Daten aus drei Jahren Arbeit«, sagte er mit verbissenem Gesichtsausdruck. »Sie dürfen nicht verlorengehen.« Er holte ein Taschentuch hervor und wischte sich den Schweiß von den Händen, dann von seiner Glatze.
»Was ist passiert?« fragte Bennett. »Hier«, rief Garfund. »Halte dieses hier und spule, wenn ich's dir sage.« »Was ist passiert?« fragte Bennett nochmals. »Die Bänder zerfallen«, sagte Garfund. »Gestern abend habe ich bei einem der Bänder mit einer Datenreduktion begonnen. Es kam nur Unsinn. Es war völlig hin. Ich weiß nicht, wie viele sonst noch verloren sind. Ich muß sie bewegen. Sie dürfen nicht ruhen.«
»Ich dachte, die Bänder würden in Metallbehältern aufbewahrt«, sagte Bennett. »Sind sie darin nicht geschützt?« »Das Oxid blättert ab«, sagte Garfund. »Irgendwie ist es zu heiß geworden. Oder zu feucht. Möglicherweise Niederschlag oder Staub. Vielleicht stimmt auch etwas mit dem Feuchtigkeitsregler hier drinnen nicht. Dieses Material darf mir nicht verlorengehen. Drei Jahre Daten von Astro X.«
Astro X war ein Satellit, der vor sieben Jahren gestartet

worden war, um die Röntgenstrahlung von Quasaren zu messen. Die riesigen Datenmengen waren auf Magnetbändern aufgezeichnet worden, die man auf Goddard, Caltech, die Universität von Chicago und Leominster aufgeteilt hatte. Einem kleinen, verschlafenen College wie Leominster und einem mittelmäßigen Astrophysiker wie Roland Garfund hätte man Rohdaten von solcher Bedeutung gewöhnlich nicht anvertraut, aber Garfund hatte in Goddard gearbeitet und dort Beziehungen geknüpft. Man hatte ihm zweihundert Mutterbänder geschickt. Der Satellit war seit vier Jahren tot und kreiste ziellos im All, aber seine kostbaren Daten waren auf Zelluloidband gespeichert und sollten in den folgenden zwölf Jahren eingehend untersucht werden. Wissenschaftler in der ganzen Welt warteten gespannt auf die Analysen der Bänder. Beinahe jede Woche riefen die Theoretiker aus Princeton und Cambridge bei Garfund an.

In den drei Jahren, die er in Leominster war, hatte Bennett den Raum mit den Bändern oft aufgesucht. Die Hälfte des Raumes nahmen Reihen hoher Regale ein, auf denen die Bänder lagen. Langsam war er bei seinen Besuchen zwischen den Regalen entlanggegangen, hatte ein Band nach dem anderen betrachtet und versucht, die Bedeutung der auf ihnen gespeicherten

Informationen, der Billionen und Aberbillionen von Informationseinheiten, zu erfassen. Von einigen Quasaren, deren Entfernung zwei Drittel vom Durchmesser des sichtbaren Universums betrug, hatte man vor Astro X nichts gewußt. Ihre gigantischen Gasfahnen, ihre kolossale Energieerzeugung, ihre ganze Existenz waren allein in den empfindlichen magnetischen Impulsen auf diesen Bändern festgehalten. Und da Quasare die fernsten bekannten Objekte im Universum waren, konnte man durchaus sagen, daß der größte Teil des Universums still wartend auf den grauen Metallregalen in Garfunds Bandraum ruhte.

Langsam war Bennett die Gänge zwischen den Regalen entlanggegangen, hatte lange auf die Bänder gestarrt, jeden einzelnen Metallbehälter berührt und versucht, sich die darin enthaltenen Wahrheiten, die zu Zahlen destillierten Gewißheiten vorzustellen. Wenn es ihn dann überwältigte, ging er in den anderen Teil des Raumes. Dort saßen Garfunds Astronomiestudenten vor Computerterminals und manipulierten Bilder auf ihren Bildschirmen, digitalisierte Bilder von Quasaren, die aus dem winzigen Bruchteil der bislang analysierten Daten gewonnen worden waren. Die Studenten sprachen gedämpft, so als besichtigten sie ein Heiligtum. Aber unter den Tischen wippten sie erregt mit den Beinen. Wenn bei einem ein neues Bild auf dem Monitor erschien, sprangen sie von ihren Stühlen auf, um es sich anzusehen. »Wahnsinn, guck dir den heißen Fleck an, der muß hundert Millionen Grad haben.« Es waren Studenten in den ersten Semestern, zwanzig Jahre alt, und vor ihnen erschienen diese Quasare, die noch kein menschliches Auge je gesehen hatte. Milliarden von Lichtjahren entfernt, auf dem Computerbildschirm eingefangen. Nachmittags kamen mehr Studenten, brachten Erfrischungsgetränke und Pizzastücke zum Essen mit und diskutierten darüber, wer den neuen Quasar als erster knacken würde. »He, schau dir diesen Röntgenstrahl an. Bestimm doch mal seine Koordinaten.« Jetzt war der Raum verlassen, abgesehen von Garfund und Bennett. Das Licht der Bildschirme erfüllte ihn mit einem bläulichgrünen Dunst. Wieder war ein Band gerade durch das Vakuum gelaufen, um etwaige Staubteilchen zu entfernen. Gekennzeichnet war es mit 5C 678, dem Namen eines Quasars. »Schauen wir mal, was herausgekommen ist«, sagte Garfund voller Unruhe. Er wischte sich erneut den Schweiß von den Händen und legte das Band in ein anderes Bandlaufwerk ein. Sie warteten. »Gut«, sagte Garfund gedämpft, »dieser Teil ist gut. Gut. Gut.« Das Band rotierte, sein Inhalt huschte in Maschinensprache über eine Digitalanzeige. Plötzlich blinkte ein Licht auf, das einen Paritätsfehler anzeigte. »Scheiße«, stöhnte Garfund. »Scheiße, Scheiße, Scheiße. Es ist immer noch Unsinn drauf. Ich sitze bis zum Hals in der Scheiße.« Garfund ließ sich auf einen Stuhl fallen, nahm seine Brille ab und starrte ausdruckslos die Wand an.

Bennett nahm einige der Ausdrucke, die das Band erzeugt hatte. Jede Seite war mit Zahlen bedeckt. Irgendwo in diesen Zahlen steckte, jetzt hoffnungslos verloren, die genaue Position von 5C 678, die Intensität seiner Röntgenstrahlung an verschiedenen Orten, in verschiedenen Frequenzbereichen.

Garfund schwieg. Bennett kannte Garfund nicht sehr gut, aber er ging zu ihm und klopfte ihm auf die Schulter. Garfund starrte bloß die Wand an. Bennett wollte ihn in diesem Zustand nicht alleinlassen. Er begann im Raum auf und ab zu gehen. Garfund steckte sich eine Zigarette an. Noch nie hatte er hier im Raum geraucht. Keiner.

»Was ist *Simdat*?« fragte Bennett und nahm ein Band vom anderen Ende eines langen Tisches hoch. »Simulierte Daten«, sagte Garfund teilnahmslos. Dann, nach einer Pause: »Um zu prüfen, ob das System funktio-

niert.« »Wie läuft das ab?« fragte Bennett. Garfund antwortete nicht, saß da, zog an seiner Zigarette und starrte die Wand an. »Wie läuft das ab?« wiederholte Bennett. Garfund seufzte. »Völlig wirklichkeitsgetreu«, sagte er. »Der Computer erzeugt einen fiktiven Quasar, imitiert seine Detektion durch Astro X, digitalisiert die Daten, speichert sie auf einem Band. Dann analysieren wir das Band und sehen, ob wir den fiktiven Quasar wieder herausbekommen. Es ist ein Test.«
»Könntest du 5C 678 simulieren?« fragte Bennett. »Mir ist wahrlich nicht nach Quatschen zumute«, sagte Garfund. Er nahm einen tiefen Zug an seiner Zigarette und stieß eine gewaltige Rauchwolke aus. »Könntest du einen Quasar simulieren und ihn 5C 678 nennen?« fragte Bennett. »Natürlich könnte ich das«, sagte Garfund, drehte sich um und starrte Bennett wütend an. »Aber es wäre eben nicht 5C 678.«
Bennett setzte sich an eines der Terminals, sein Gesicht in den bläulichgrünen Schimmer des Bildschirms getaucht. Das Quasar-Projekt in Leominster war zu Ende. Man würde es unverzüglich abbrechen. Plötzlich stellte er sich die betroffenen Gesichter der Studenten vor. Einige kannte er gut. Sie besuchten seine Veranstaltungen.
»Wir könnten ein ganzes Bündel Quasare simulie-

ren«, sagte Bennett ruhig. »Wir zeichnen sie auf Band auf. Wir benennen sie nicht *Simdat*. Wir benennen sie nach dem 5C-Katalog.« Garfund drehte sich um und starrte Bennett ungläubig an. »Bist du verrückt?« sagte er. »Die Studenten würden nichts merken«, sagte Bennett. »Die Studenten«, schrie Garfund. »Die Studenten. Und was ist mit der NASA? Mit Pinsky in Goddard? Mit Thornton in Princeton? Glaubst du, wir machen Spielchen? Raus hier! Und wenn du ganz nett zu mir bist, könnte ich vergessen, was du gerade gesagt hast.«
»Ich dachte bloß an die Studenten«, sagte Bennett.
»Raus hier!« brüllte Garfund.

Bennett spähte aus seinem Küchenfenster und sah, wie das Taxi anhielt. Onkel Maury stieg aus. Er trug seine Dodgers-Mütze und wirkte viel massiger, als Bennett ihn vom letzten Mal in Erinnerung hatte. Maury blinzelte nach der Nummer auf dem Briefkasten, fummelte in seiner Tasche herum und zog mehrere Kassenzettel heraus, ehe er ein paar zerknüllte Scheine für den Fahrer fand. Dann marschierte er los, den Koffer schwerfällig über die Betonplatten hinter sich herschleifend. Der Koffer, der an merkwürdigen Stellen Ausbauchungen zeigte, enthielt zweifellos Werkzeug.

Bennett hatte seinen Onkel drei Jahre nicht gesehen. Letzte Woche hatte Maury in einem Brief, die Adresse in der vertrauten, rückwärts geneigten Handschrift, angefragt, ob er zu Besuch kommen dürfe. Bennett mochte keinen Besuch. Er hatte eine ordentliche, ruhige Behausung. Alle Abläufe waren eingeschliffen. Er hatte die Reinheit seiner Arbeit. Doch zu Maury konnte er nicht nein sagen. Jetzt sah er durchs Fenster, wie der Onkel seinen Koffer mühevoll über die Bordsteinkante hievte, ihn über den Bürgersteig zu den Stufen zog und hinauf zu dem Pfad, der zur Haustür führte. Er dachte, daß er hinausgehen und seinem Onkel helfen sollte. Maury japste. Er blieb stehen, wischte sich den Schweiß von der Stirn, ging weiter, den Koffer mitschleifend, schwer atmend. Schließlich riß Bennett die Haustür auf, trat auf seinen Onkel zu, nahm den Koffer und geleitete Maury ins Haus.

Selten verließ Maury seine Wohnung, noch seltener Memphis. Erfreut umarmte er Bennett, dann ließ er seinen schweren Kamelhaarmantel zu Boden gleiten und warf sich in einen Sessel.

»Mann, bin ich froh, hier zu sein«, sagte er, während er sich im Zimmer umschaute. »Könnte ich eine Cola haben?« Er nahm die Mütze ab. Was vor Zeiten eine kahle Stelle gewesen war, hatte sich über den ganzen Kopf ausgebreitet, es verbergen zu wollen, war inzwischen sinnlos, und Maurys Hände wanderten nutzlos in seinem Schoß herum.

»Durch Virginia und Maryland bin ich noch nie gekommen«, sagte Maury. »Hübsche Landschaft. Ab Bristol war die Toilette verstopft. Wir mußten alle fünfzig Meilen haltmachen, und erst in Washington konnten wir in einen anderen Bus umsteigen.« Maury rieb sich sanft über die Leistengegend, so als dächte er daran zurück, was seine Blase auszuhalten gehabt hatte. Er streckte die Beine aus. Mit der Cola kam allmählich wieder Leben in ihn.

Das Telefon klingelte. Es war für Maury. Offenbar war es ihm peinlich, er ging mit dem Apparat ins andere Zimmer und machte die Tür hinter sich zu.

»Entschuldige«, sagte er beschwichtigend, als er zurückkam. »Ich habe deine Nummer nur einer einzigen Person gegeben. Naja, vielleicht zweien.« Ohne Bennett anzuschauen, ließ er sich wieder in dem bestickten Ohrensessel nieder und nippte still an seiner Cola.

Es wurde bereits dunkel, obwohl es erst fünf Uhr nachmittags war. Bennett hatte sich noch immer nicht an die langen Winter im Norden gewöhnt. Er stand auf, machte zwei Lampen an und ließ dann vorsichtig die Rouleaus im Wohnzimmer herunter. Er nahm ein Buch, das auf dem Tisch lag, stellte es zurück in den Bücherschrank in der Ecke und setzte sich aufs Sofa, seinem Onkel gegenüber.

»Bin schon seit Jahren nicht mehr über Land gefahren«, sagte Maury. »Hab ich dir schon erzählt, wie ich in dem 35er Ford nach Miami gefahren bin?« »Nein«, sagte Bennett. Maury lachte und trat gegen seinen Koffer, was ein metallisches Geklapper erzeugte. »Es war mein zweites Studienjahr in Vandy. Bevor die dumme Sache passierte. Es waren Osterferien. Hatte einen guten Freund, G.L. Harrison. G.L. trug das ganze Jahr einen Mantel aus Waschbärpelz. In der einen Tasche hatte er ständig eine Flasche Tennessee-Whiskey, in der anderen zwei Schachteln Zigaretten. G.L. war an einen dunkelgrünen 1935er Ford gekommen. Es war ein Prachtstück. Eines Tages in den Osterferien, als wir in der Gegend um Nashville unterwegs waren, sagte G.L., es wird allmählich langweilig. Nichts als Blödsinn heute, sagte er immer. Wir beschlossen also, in Richtung Südosten zu fahren. Wir fuhren einfach immer nur geradeaus und landeten schließlich in Miami. Wir hatten nichts bei uns außer den Sachen, die wir am Leib trugen, und ein sehr bescheidenes Taschengeld. Fünf Tage trieben wir uns in Miami herum. Schliefen im Wagen. Am ersten Tag stießen wir auf ein paar Gauner aus Atlanta und verloren das Auto beim Kartenspiel. Am andern Tag knöpften wir es den Kerlen wieder ab.« Maury lächelte. »Beim zweiten Mal haben wir's denen mal wirklich gezeigt«, sagte er. »Wir kassierten noch ein bißchen mehr ab und beschlossen, uns in der verbleibenden Zeit die Sehenswürdigkeiten anzuschauen. Als wir wieder in Nashville waren, stand da G. L.'s Freundin mit ihrem Papa und fragte, wo der Wagen war. ›Kein Grund zur Beunruhigung‹, sagte G. L. und überreichte ihr die Schüssel.«

Maury nahm einen tiefen Schluck von seiner Cola. »Wie steht's mit dem Unterrichten?« »Gut«, sagte Bennett. Maury nickte befriedigt. »Du bist in, äh, wie heißt das doch gleich?« »Leominster«, sagte Bennett. »Richtig«, sagte Maury, »Leominster. Du bist jetzt vier oder fünf Jahre in Leominster, oder irre ich mich?« »Ja«, sagte Bennett. »Noch immer nichts Festes mit 'ner Frau, na?« sagte Maury. »Nein«, sagte Bennett. »Das kommt«, sagte Maury. »Das kommt bestimmt. Die Frauen wissen nicht, was ihnen entgeht. Wie alt bist du jetzt, achtundzwanzig, neunundzwanzig?« »Dreißig«, sagte Bennett. »Gott, wie die Zeit vergeht«, sagte Maury. »Aber wirklich. Marty müßte demnach siebenundzwanzig sein und Philip fünfundzwanzig. Was macht Marty?« »Er ist Buchhalter bei der Central Maine Power in Thurston, in der Nähe von Portland«, sagte Bennett. »Jetzt seit vier Jahren.« »Warst du mal da oben?« fragte Maury. »Nein«, sagte Bennett. »Marty hat mich eingeladen, aber ich war noch nicht da.«

»Soll 'ne schöne Gegend sein da oben«, sagte sein Onkel. »Ich bin stolz auf dich, Bennett. Daß du Professor geworden bist und überhaupt. Du hast unheimlich gebüffelt. Du hast es verdient. Du bist ein tüchtiger Bursche.«

Draußen war es völlig dunkel geworden. Maury schaute auf seine Armbanduhr, und sein Körper richtete sich auf. »Hast du was dagegen, wenn ich den Fernseher anmache?« fragte er. »Jetzt läuft *Marina*. Für *One Day to Live* ist es schon zu spät.«

»Mach nur!« sagte Bennett. »Ich bring inzwischen den Koffer in dein Zimmer.« Ächzend hob Bennett den Koffer hoch, und ihm fiel ein, daß Maury gar nicht gesagt hatte, wie lange er bleiben wollte. Er ging über den Flur ins Gästezimmer und stellte den Koffer in den Schrank. Es roch frisch nach sauberen Bettlaken, und Bennett blieb noch und betrachtete das Foto auf der Kommode, er und seine beiden Brüder irgendwo bei einer Zeugnisverleihung. Er war froh, daß Maury gekommen war.

»Wie geht denn alles so, Maury?« fragte Bennett, als er wieder ins Wohnzimmer trat. »Es geht«, sagte Maury, »es geht.« Er zögerte. »Ehrlich gesagt, nicht so gut«, sagte er. »Hat deine Mutter kürzlich mit dir über mich gesprochen?« »Nein«, sagte Bennett. Maury stellte den Fernseher leiser und ließ sich mühsam neben Bennett auf dem Sofa nieder. Er seufzte tief. »Deine Eltern haben die Mietzahlungen für meine Bleibe am West Galloway Drive eingestellt«, sagte er und betrachtete dabei seine Hände. »Es war wunderbar, was sie all die Jahre für mich getan haben.« Seine Stimme zitterte. »Auf die Dauer war es ihnen wohl nicht möglich.«

»Wieso zahlen sie nicht mehr?« fragte Bennett. Wieder seufzte Maury. Seine Augen wurden feucht. »Ich habe sie wohl in Verlegenheit gebracht. Sie wollten mich nicht mehr im Osten von Memphis haben. Man kann es ihnen nicht verdenken.«

»Scheiße«, sagte Bennett, »das tut mir leid. Und wann haben sie aufgehört?« »Vor einem halben Jahr«, sagte Maury. »Meine Sachen stehen bei Marlene im Keller. Die gute Marlene.«

»Vor einem halben Jahr«, sagte Bennett. »Wo bist du denn die ganze Zeit gewesen?« »Ich kenne jemand in Germantown«, sagte Maury. »Bin für zwei Monate zu ihm gezogen. Eigentlich hatte er gar keinen Platz. Dann habe ich drei Monate im Einwandererwohnheim von B'nai B'rith übernachtet. Man kann dort kostenlos bleiben, bis man etwas anderes gefunden hat.« Maury lehnte seinen Kopf zurück und schaute

zur Decke hoch. »Bennett«, sagte er, »ich bin fast sechzig.«
Bennetts Blick wanderte durchs Zimmer, in die Küche. Er dachte daran, wie oft er mit seinem Fahrrad zu Onkel Maury nach Galloway gefahren war, vorbei an den Häusern von Gwynne, deren Zäune mit Geißblatt überwuchert waren. Er dachte daran, wie er bei Maury auf der Couch gesessen hatte. Wie er Maury von Leila erzählt hatte. Auf den Kisten ringsum haufenweise Kleidungsstücke.
»Du könntest in das Haus in Fraser gehen«, sagte Bennett. »Wie heißt die Straße noch mal? Ich weiß die Straße nicht mehr. Dort könntest du wahrscheinlich auf Dauer bleiben.« Maury nickte. »Ich kenne das Haus«, sagte er. »Vielleicht lande ich dort.«
»Wäre doch gar nicht so schlecht«, sagte Bennett.
»Nein«, sagte Maury. »Ich glaube, es ginge dort. Eng wäre es schon. Auf meine Möbel und meine Sachen müßte ich verzichten. Nicht auf mein Werkzeug. Natürlich würde ich lieber woanders wohnen, aber es ginge. Vielleicht lande ich dort.«
»Könntest du eine kleine Miete zahlen?« sagte Bennett. Maury zuckte die Achseln und sagte nichts. Geld war für Maury kein Festkörper. Es war eine Flüssigkeit, ein Gas.

»Könnte ich noch 'ne Cola haben?« fragte Maury. »Selbstverständlich«, sagte Bennett. »Weißt du noch, wie ich bei euch zu Hause die Stereoanlage repariert habe?« sagte Maury. Bennett lächelte, als er daran zurückdachte. »Deine Mutter gab 'ne Party«, fuhr Maury fort. »Sie rief mich extra an, nur damit ich die Stereoanlage für die Party reparierte. Und wir haben's geschafft, nicht? Wir haben's hingekriegt.« Maury kicherte.

»Ich weiß noch«, sagte Bennett, »du hast einen Kurzen im Verstärker gefunden. Zehn Minuten hat's gedauert, und dann hast du mich in die Besenkammer geschickt, um Isolierband zu holen. Mutter stand dabei, einer Ohnmacht nahe, so nervös war sie. Den ganzen Nachmittag blieb sie da, bis die Stereoanlage repariert und das Essen fertig war. Du warst phantastisch, wie schnell du den Kurzen gefunden hast.«

Maury strahlte. »Deine Mutter rief mich extra deswegen an. Wir haben's hingekriegt. War doch klar.« Maury setzte sich wieder seine Dodgers-Mütze auf. Bennett lächelte, in Erinnerungen versunken.

»Vielleicht das Haus in Fraser«, sagte Maury zu sich selbst. Er stand auf, stellte den Fernseher wieder lauter, kehrte zurück zur Couch und zu seiner Cola. Sie saßen da und schauten zusammen fern.

Ein Warmwasserrohr knackte. Sofort ging Maury in sein Zimmer und kam mit einer Handvoll Schraubenschlüssel zurück. »Ich kann das Rohr reparieren«, sagte er, eine Frau im Fernsehen übertönend. »Ich würde es dir gern reparieren.« »Es ist nicht kaputt«, sagte Bennett. »So klingt es immer, wenn das warme Wasser kommt.« »Für mich klingt das, als wäre es kaputt«, sagte Maury und begann sich zögernd der Fußleiste zu nähern. »Bitte, Onkel Maury«, sagte Bennett, »laß es doch bitte.« Maury zögerte. Dann nickte er und setzte sich. »Sag mir nur, wenn was repariert werden muß«, sagte er und wandte seine Aufmerksamkeit wieder dem Fernsehen zu.

In dieser Nacht hatte Bennett einen Traum. Er hielt eine Vorlesung vor seinen Studenten und stand an der Tafel. Er blickte an sich hinunter und stellte entsetzt fest, daß er keine Hose anhatte. Seine Studenten bemerkten das offenbar ebenfalls und grinsten über seine Nacktheit. Dann war er in seinem Wohnzimmer. Von grünen und orangeroten Lichtern überflutet, begann sich das Zimmer brummend zu drehen. »Wir können es nicht anhalten«, kreischte jemand. Bücher begannen aus den Regalen auf den Boden zu fallen. »Es steht nicht aufrecht«, kreischte jemand anders. Die Kühlschranktür war weit offen. Die Lebensmittel verdarben. »Wir können es nicht anhalten, wir können es nicht anhalten.« »Miz Lang ist in Ohnmacht gefallen«, sagte Florida. »Ich hole das Riechsalz.« Die grünen und orangeroten Lichter spiegelten sich grell auf den Möbeln, vibrierten mit dem Brummen. Das Zimmer drehte sich unablässig. Überall stapelten sich braune Kisten, im Wohnzimmer, in Bennetts Arbeitszimmer, in seinem Schlafzimmer. Auf den Tischen lagen schmutzige Kleidungsstücke. Onkel Maury kam aus seinem Zimmer. Er wohnte bei Bennett. Er setzte sich auf den Boden, zufrieden und in sich gekehrt. Die grünen und orangeroten Lichter zuckten auf seiner Glatze. »Schau, was du angerichtet hast«, schrie Bennett seinen Onkel an. Maury blickte konsterniert und wehrlos. Durch die Löcher im Dach begann es ins Zimmer zu regnen. »Schau, was du angerichtet hast«, schrie Bennett nochmals. Das Zimmer drehte sich immer schneller. Bennett wurde zu Boden geworfen. Das Brummen war eine gelbe Explosion in seinen Ohren. Florida kam ins Zimmer, sah Bennett auf dem Boden liegen und hielt ihm das Riechsalz unter die Nase.

Bennett steht mit seinem Onkel an der Haltestelle und wartet, daß der Bus abfährt. Die Luft riecht nach Auspuffgasen, es ist kalt, und die Menschen drängen sich in kleinen Gruppen zusammen. »Ich bin gar nicht dazu gekommen, mein Werkzeug zu benutzen«, sagte Maury mit einem bedrückten Lächeln. »Wenn ich das nächste Mal komme, muß ich bei dir irgendwas kaputtmachen, damit ich es reparieren kann.« Maurys Atem erzeugt Wolken in der kalten Winterluft, die rasch verfliegen. Er hat seinen Kamelhaarmantel an und seine Dodgers-Mütze auf und hält ein Eßpaket unterm Arm. »Der Besuch bei dir hat mir gutgetan«, sagte er. »Sehr gut.« Er umarmt seinen Neffen. Die Sonne scheint kalt und hart auf die Aluminiumwand der Haltestelle. Bennett hat Mühe, seine Tränen zurückzuhalten. Er bringt es nicht übers Herz zu tun, was er eigentlich tun müßte, was er vielleicht tun möchte. Und jetzt sind die vier Tage vorbei, und er steht hier mit seinem Onkel in der kalten Sonne. Er kann nicht reden. Ihm fehlen die Worte. Der Busfahrer kündigt an, daß der Bus jetzt abfährt. Maury umarmt Bennett noch einmal, dankt ihm noch einmal. Auch Bennett umarmt seinen Onkel, drückt ganz fest seinen Arm und seine Hand, hilft ihm die erste Stufe hinauf.

MIT ZWEIUNDDREISSIG JAHREN wurde Bennett zum ordentlichen Professor in Leominster berufen. Er stand auf dem Höhepunkt seines Schaffens. Auf bedeutenden internationalen Konferenzen sprach man über seine Forschungsarbeit, er hatte Angebote aus Chicago und Princeton und erhielt allwöchentlich Einladungen von seinem einstigen Kommilitonen Ralph Jenkins, der mittlerweile an der Spitze des Physik-Departments in Stanford stand. Bennett konnte nicht schlafen. Aber seine Schlaflosigkeit rührte nicht vom Rausch des Erfolges her. Manchmal wachte er mitten in der Nacht auf und hatte das Gefühl, er müsse aus der Haut fahren; dann stand er auf, versuchte etwas zu lesen, starrte nervös auf die blaue metallene Straßenlaterne vor seinem Fenster. Seine Haut kochte. Sein Leben war eine 500-Watt-Birne in einer kleinen schwarzen Schachtel. Er trocknete innerlich aus, und das machte sich zuerst an seiner Haut bemerkbar. Er dachte nicht an

die Liebe. Sein einziges Bedürfnis war es, seine Haut zu beruhigen und zu schlafen.
Er machte sich an verschiedene Frauen heran, aber ohne Überzeugung. Er saß mit ihnen in Restaurants und unterhielt sich mit ihnen, konnte sich aber nicht vorstellen, sie zu berühren.
Drei Monate lang ging er verschiedentlich mit einer Frau namens Janet aus, einer Lehrerin. Sie war klug, und Bennett unterhielt sich gern mit ihr. »Ich liebe dich, Bennett«, sagte sie nach zwei Monaten, »aber ich kann mich unmöglich samstags oder sonntags mit dir treffen. Samstags gehe ich mit Mr. Pips zu seinem Training.« Mr. Pips war Janets Scotchterrier. Bennett schaute sie verwirrt an. »Oh, Schatz«, sagte sie, »vermutlich denkst du jetzt, daß ich dich nicht liebe. Aber natürlich liebe ich dich. Ich liebe dich, Mr. Pips, meine Mutter und mein Haus – in dieser Reihenfolge.«
Janet zeigte Bennett, wie man einen Doppelknoten in die Schnürbänder macht, damit sie nicht von selbst aufgehen.

BENNETT SASS AUF EINER Anhöhe über der Chesapeake Bay und starrte aufs Wasser. Er kam öfter hierher, seit er vor Monaten aus Memphis zurückgekehrt war, wo er Florida besucht hatte. Als er erfuhr, daß sie im Sterben lag, war er sofort nach Memphis gefahren und hatte dann zwei Tage im Wohnzimmer seines elterlichen Hauses gesessen, das Gesicht in den Händen vergraben, unfähig, in das Krankenhaus zu gehen, wo sie lag.

Er saß über der Bucht, dachte an nichts und spürte die kühle Dunkelheit der Nacht. Die Nacht war ungewöhnlich dunkel, und das Wasser war so still wie angehaltener Atem, und als sich seine Augen allmählich an die Schwärze gewöhnt hatten, sah er etwas Phantastisches: Diamanten, die auf dem Wasser schimmerten. Der Widerschein der Sterne in der Bucht. Dann und wann lief eine sanfte Welle über den schwarzen Wasserteppich, vielleicht von einem Fisch erzeugt, und die Sterne glitten aufeinander zu und auseinander.

Eine Stunde lang saß er nun schon wie gebannt da, als er den umherschweifenden Strahl einer Taschenlampe bemerkte. Dann die Stimmen zweier Frauen. Sie hatten sich verlaufen und fanden nicht mehr den sandigen Weg zurück zu ihrem Auto. Er kannte den Weg. Die drei liefen zusammen im Gänsemarsch durch den Sand, der ihre Tritte dämpfte. Sie alle waren von den winzigen Lichtpunkten auf dem Wasser wie hypnotisiert, und während sie dahingingen, verspürten sie eine unausgesprochene Harmonie.

Eine der Frauen hieß Penny. Als sie bei den Autos ankamen, tauschten sie und Bennett Namen und Telefonnummern aus. Sie taten es nicht, um miteinander anzubändeln. Sie spürten wohl, daß vielleicht keiner von ihnen je wieder einen solchen Abend erleben würde, daß sie irgendwie miteinander verbunden waren, vereint durch diese Nacht. Im schwachen Licht der Taschenlampe kritzelte sie rasch ihre Nummer hin. Ihr Gesicht sah er nicht.

Zwei Wochen später rief sie an. Sie arbeitete nachmittags in einem Kreditbüro in Washington. Ob er Lust hätte, sich nach der Arbeit auf einen Drink mit ihr zu treffen? Ja.

Penny brauchte ihn von Anfang an, und dieses Bedürfnis zog ihn zu ihr hin. Sie war fünfundzwanzig. Ihre Eltern waren geschieden. Sie war Malerin. Sie malte in einem Atelier bis zum frühen Nachmittag, bis sich das Tageslicht zu ändern begann, und ging dann zu ihrer Arbeit in dem Kreditbüro. Sie führte ein genügsames Leben.

Das zweite Mal trafen sie sich in einem Straßencafé, dem »Tivoli«, in der Nähe des Dupont Circle. Das Café hatte fünf Lacktische, schmiedeeiserne Stühle und Blumenkästen mit Petunien. Hinein ging es durch eine grüne Tür, die mit viel Messing verziert war und ein Schild mit der Aufschrift »Welcome Lucarno« trug.

Es war ein schwüler Juliabend. Beide schwitzten sie heftig. Penny war blond, ein feiner, weicher Flaum bedeckte ihren Körper, und der Schweiß schimmerte auf ihrem Gesicht und ihrem Nacken. Sie setzten sich an den einzigen freien Tisch, sprachen zunächst über die dunkle Nacht an der Chesapeake Bay und gingen von dort aus in die Vergangenheit.

Sie war hellhäutig und zart, und ihr Haar schimmerte. Sie trug eine ärmellose Bluse, die die Sommersprossen auf dem Weiß ihrer Arme freigab. In ihren Augen lag ein trauriger, abwesender Ausdruck, auch wenn sie lächelte.

Sie bestellten Limonade. Penny trank keinen Alkohol. Ihre Mutter war Alkoholikerin. Also tranken sie Limonade. Bennett sagte, er habe versucht, sich alle Einzelheiten jener Nacht an der Bucht einzuprägen, die Stille, die Art, wie sich die Luft anfühlte, die Gestalt des Ufers. Sie lachte und erzählte ihm eine Geschichte von Degas, der ein entschiedener Anhänger des »Zeichnens aus dem Gedächtnis« war. In seiner idealen Malerschule stellten die Studenten des ersten Studienjahrs ihre Staffelei im Erdgeschoß auf, wo die Modelle posierten. Im zweiten Jahr stand die Staffelei im ersten Stock, im dritten Jahr im zweiten Stock. Die Studenten des zweiten und dritten Studienjahrs liefen die Treppe hinunter, studierten sorgfältig das Modell und liefen dann wieder die Treppe hinauf und malten, was sie gesehen hatten. Je weiter einer fortgeschritten war, desto länger wurde der Weg über die Treppen, währenddessen er den letzten Eindruck von dem Modell in seiner Erinnerung zu bewahren hatte. Sie lachte wieder. Ihr Lachen war melodisch. Sie erzählte Geschichten von anderen Malern, von Tarell und Sargent und Cassatt, als hätte sie in deren Ateliers gearbeitet. Die Stunden rannen dahin. Sie vergaßen das Essen.

Ihm fiel auf, daß sie ihn kaum ansah. Sie blickte auf

ihr Limonadenglas, ihr Skizzenbuch, das auf dem Tisch lag, oder die Straße hinunter. Selbst wenn sie mit ihm sprach, wich sie seinem Blick aus. Er dagegen betrachtete sie, und er dachte, daß er noch nie in seinem Leben eine so schöne Frau gesehen hatte.

Beiläufig erwähnte sie, daß sie mit der U-Bahn zum Café gekommen sei. Ihr Auto stehe in der Werkstatt und benötige ein neues Getriebe. Das gehe ins Geld. Er verblüffte sie beide mit dem Angebot, ihr etwas zu leihen. Es rutschte ihm einfach so heraus. Nach einem betretenen Schweigen dankte sie ihm, sagte aber, sie werde schon allein damit fertig.

Gegen elf sagte sie, sie müsse jetzt nach Hause. Sie gestattete ihm, sie bis zur U-Bahnstation zu begleiten.

Sie begannen, abends miteinander zu telefonieren. Sie mochte ihre Arbeit in dem Kreditbüro nicht. Sie war dort nicht sonderlich angesehen, weil sie nur halbtags arbeitete. Sie bekam ein minimales Gehalt und wurde geringschätzig behandelt. Es war jedoch die einzige Teilzeitstelle, die sie finden konnte. Sie brauchte die Vormittage fürs Malen.

Sie hatte seit ihrer Kindheit gemalt. Mit siebzehn, im letzten High-School-Jahr, war sie von zu Hause weggelaufen, aus Pittsburgh, war in Washington gelandet und hatte Jeremy Gaunt kennengelernt. Gaunt war ein meisterlicher Maler, der in der klassischen Tradition ausgebildet war und sie auch weitergab. Sieben Jahre schon malte sie in seinem Atelier. Gaunt bildete jeweils ein rundes Dutzend Studenten aus. Viele von ihnen waren inzwischen so gut, daß sie ihre eigenen Gemälde ausstellten und für anständiges Geld verkauften.

Bennett begann, sich morgens freizunehmen, um Penny beim Malen zuzusehen, bei Tagesanbruch fuhr er in Baltimore los und war mittags zu seinen Unterrichtsverpflichtungen zurück. Das Atelier lag an einer belebten Straße in Silver Springs, ein großer, luftiger, sechs Meter hoher Raum mit riesigen Fenstern nach Norden zu. Es war ein altes Gebäude mit knarrenden Dielen. Die Luft war erfüllt vom Staub der Zeichenkohle und vom Geruch des Terpentins. Hier und da verstreut standen oder lagen Vasen, getrocknete Blumen, kleine Porzellanfiguren, Münzen, in Falten drapierte Stoffe, altertümliche Ingredienzien für ein Stilleben. Er saß, die terpentingeschwängerte Luft einatmend, auf einem Stuhl im hinteren Teil des Raumes und schaute Penny und den anderen bei der Arbeit zu. Er beobachtete, wie sie ihr Sujet prüfend ansah, wie sie ihre Farben auswählte und die Stirn runzelte, wie sie ihren Kopf neigte. Er wollte alles über sie wissen. In der Mitte des Vormittags machte sie eine Pause, ging auf ihn zu und lächelte ihn wortlos an. Zusammen verließen sie dann das Atelier und gingen den knarrenden Korridor entlang, vorbei an dem alten, von Hand zu öffnenden Fahrstuhlschacht. Dienstags und freitags erschien Gaunt, ein kleiner, bärtiger Mann um die fünfzig, um sein kritisches Urteil abzugeben. Er trat an eine Staffelei heran, sagte einige Worte, ging dann zur nächsten, während seine Schüler die Ohren spitzten, um sich nichts entgehen zu lassen.

Einen Monat später bekam Bennett eines von Pennys Porträts zu Gesicht. Es war ein vorzügliches Pastellbild eines kleinen Mädchens mit einer Puppe. Das Kind hatte feuchte Augen, als habe es geweint, schien aber zugleich ein Lächeln zu unterdrücken. Es lebte. Das Gemälde war nachlässig behandelt worden. Die Ränder begannen sich einzurollen, die Pastellfarben zu verwischen. »Darf ich es einrahmen?« fragte Bennett. »Wozu?« fragte Penny und ließ es hinter einem Heizkörper bei ihren anderen Bildern verschwinden. Sie rahmte ihre Arbeiten nicht und stellte sie nicht aus.

Manchmal trafen sie sich abends in einem Restaurant. Am liebsten gingen sie in ein Kellerlokal in Georgetown. Es bestand aus drei kleinen Räumen, die mit Bücherregalen versehen waren, wie eine Privatbibliothek. Die unverputzten Wände aus Ziegelstein gaben der Luft im Kerzenschein einen rötlichen Hauch. Sie ließen sich an einem der Holztische nieder, tranken Fruchtsaft, bestellten das Essen und sprachen über Malerei. Eines Abends äußerte er den Wunsch, daß sie etwas für ihn zeichne. Sie wandte ein, das Licht sei nicht gleichmäßig, aber er bat sie immer wieder, und schließlich sagte sie, sie wolle ihn gern porträtieren. Er setzte sich ihr gegenüber und saß ganz still, und sie begann, seinen Kopf und seine Schultern zu zeichnen. Es war das erste Mal, daß sie ihn direkt anschaute. Sie benutzte einen Zeichenbleistift und arbeitete sehr langsam. Die Schatten hüpften im flackernden Licht, doch sie wartete geduldig, bis das Licht wieder gleichmäßig war, und arbeitete weiter. Nach einer Stunde war ein gelungenes Porträt zu erkennen. Von einem anderen Tisch kamen Leute herüber und sahen ihr über die Schulter. Sofort schlug sie ihren Zeichenblock zu und verstaute ihn wieder in ihrer Tasche. Die Leute tuschelten sich etwas zu und kehrten an ihren Tisch zurück. »Tut mir leid«, sagte sie, »ich mag nicht, wenn man mich angafft.« Er lächelte sie an und nahm ihre Hand, und sie sah schön aus in dem Kerzenschein. »Erzähl mir etwas von deiner Arbeit, bitte«, sagte sie. Er begann, ihr seine Forschungsarbeit zu erklären. Sie hörte ihm eine Zeitlang zu und sagte dann: »Was du machst, ist sehr wichtig, Bennett.« Er wußte, daß sie nicht begriff, wovon er sprach, aber er glaubte ihr.

Er lud sie nach Baltimore ein. »Oh, nein, das könnte ich nicht«, sagte sie kopfschüttelnd und schaute auf den Tisch. Aber dann und wann durfte er sie nach Hause fahren, in ihre Wohnung an der Lamont Street in der Nähe der Marinewerft. Hinein ging er nicht. Sie saßen wohl eine Stunde lang vor dem Haus im Wagen und beobachteten, wie das Laub eines Baumes abwechselnd die Straßenlaterne verdeckte und freigab, und sie lehnte den Kopf zurück in seine Armbeuge. Manchmal machten sie das Radio an, ganz leise, und hörten Jazz. Es war meist zehn oder elf Uhr abends.

Einmal, als Bennett nicht schlafen konnte, rief er sie spätnachts an. Es war zwei Uhr. Er müsse sie unbedingt sehen, sagte er. Verschlafen sagte sie irgend etwas, und er stieg in sein Auto und fuhr zu ihr. Von roten Ampeln ließ er sich nicht aufhalten. Als er bei ihr eintrat, trug sie einen weißen Baumwollbademantel. Sie müßten leise sein, flüsterte sie, ihre Zimmergenossin schlafe. Sie setzten sich auf die Couch. Sie fing an zu weinen. »Nimm mich doch in die Arme«, sagte sie sanft. »Ich halte es nicht länger aus«, sagte er. »Ich weiß«, erwiderte sie. Eine Zeitlang saßen sie da, ohne ein Wort zu sagen, und hielten einander umschlungen. Dann nahm sie ihn bei der Hand und führte ihn in ihr Schlafzimmer. Am nächsten Morgen erlaubte sie ihm, ihr die zweihundert Dollar zu geben, die sie brauchte, um ihr Auto aus der Werkstatt zu holen.

Sie machten eine Fahrt mit ihrem wiederhergestellten Auto. Sie achteten nicht darauf, wohin sie fuhren. Sie fuhren ganz einfach und machten hier und da halt. Es war ein warmer Septembertag. Sie fuhren mit offenen Fenstern. Am späten Nachmittag fanden sie sich auf einer kleinen Landstraße westlich von Washington wieder. Die Sonne schien schräg über eine weite Grasfläche, und es wehte ein leichter Wind, der den Staub auf der Straße in kleinen Wirbeln tanzen ließ. Sie stellten das Auto neben der Straße ab und wanderten über das Feld. Einige hundert Meter weiter erblickten sie von einer Anhöhe aus einen verlassenen Eisenbahnwaggon, der ganz allein auf der Grasfläche stand. Merkwürdig, daß keine Gleise zu sehen waren; es war, als wäre der Waggon vom Himmel gefallen. Sie rannten den Hügel hinunter und kletterten durch eine der offenen Türen in den Waggon. Es war unverkennbar ein Güterwagen. In den Ecken standen Mehlsäcke. Sie waren allein, es war kühl im Wagen, und die Sonne warf schräge Strahlen auf den weichen Holzboden. Sie standen da in der Kühle, und wortlos zog sie sich aus und rieb ihren ganzen Körper mit Mehl ein. Dann machte sie das gleiche mit ihm. Das Mehl fühlte sich kühl an auf der nackten Haut. Das Mehl schwebte in der Luft, gefangen im schräg durch den Wagen fallenden Sonnenlicht, und färbte die Luft weiß. Gegen die Wand gelehnt, liebten sie sich. Als sie dann, immer noch ineinander verkeilt, nackt und weiß dastanden, wischte sie ihm das Mehl von der Nase und flüsterte: »Ich habe dich nicht verdient.« »Wie kannst du so etwas sagen?« fragte er. »Du darfst mich niemals verlassen«, sagte sie und schaute ihm direkt in die Augen. »Ich werde dich niemals verlassen«, sagte er. Er wünschte, daß auch sie ihn nie verließ, aber das sagte er nicht.

Sie kannte die prächtigsten Gärten in Maryland und zeigte sie ihm. Sie lehrte ihn, selbst an gewöhnlichen Blumen das Schöne zu sehen – die zarten, weißen Büschel des Labkrauts, die sanftrote Füllung der Monatsrose, die übereinandergeschichteten Bäusche des

Portulak. Sie kannte den Gesang und das Gefieder von Vögeln und zeigte ihm den Gartenrotschwanz, den Sanderling, den Fliegenschnäpper, den Kleiber. Sie kannte jede Einbuchtung der Chesapeake Bay.
Sie erklärte ihm, daß im Freien der Schatten kühle und das Licht warme Farben hat, während in Räumen der Schatten warme und das Licht kühle Farben hat. Er erklärte ihr, daß Seifenblasen kugelförmig sind, weil die Kugelform bei gegebenem Volumen die geringste Oberfläche aufweist. Sie erklärte ihm, daß Seeanemonen und Einsiedlerkrebse in Eintracht leben: Die Anemonen verbergen die Krebse vor ihren Feinden, während die Krebse die Anemonen auf ihrem Rücken auf neue Weidegründe tragen. Er erklärte ihr, daß die Schwerkraft die schöne Eigenschaft hat, alle Objekte in gleichem Maße zu beschleunigen; deshalb umkreisen Astronauten die Erde auf genau derselben Bahn wie ihr Raumschiff und schweben in ihm.
Wenn sie ihn frühmorgens weckte, indem sie ihm mit ihren Brustwarzen leicht über den Rücken fuhr, vergaß er manchmal, wer er war.

ZWEI JAHRE NACHDEM SIE geheiratet hatten, veranstaltete Branscombe, die angesehenste Kunstgalerie in Washington, eine Ausstellung von zeitgenössischen Vertretern des klassischen Realismus. Penny wurde eingeladen, zusammen mit anderen maßgebenden Künstlern der Region ihre Gemälde zu präsentieren. Gaunt hatte Pennys Arbeit gelobt. Eines Tages, als Penny nicht da war, war der Galeriedirektor in Gaunts Atelier gekommen und hatte heimlich Pennys Gemälde in Augenschein genommen.

Bennett saß auf dem Wohnzimmersofa, als er den Brief zu lesen bekam, in dem der Direktor seine Bewunderung ausdrückte. Er ließ die übrige Post liegen und brach in Jubel aus. Seine Komplimente hatte Penny seit Jahren zurückgewiesen, aber hier war ein Kompliment, das sie nicht ignorieren konnte. Und ihre Arbeit würde erstmals öffentliche Anerkennung erfahren. Sogar aus New York kamen die Leute, wenn Branscombe eine Vernissage hatte.

»Da mach ich nicht mit«, sagte Penny ruhig. »Wovon redest du?« rief Bennett, der nicht recht gehört zu haben glaubte. »Da mach ich nicht mit«, wiederholte sie. »Sie zeigen Kresky und Ingbretson.« »Na und?«, sagte er. »An die reiche ich einfach nicht heran«, erwiderte sie. »Und hat das hier etwa nichts zu bedeuten?« sagte Bennett und schwenkte den Brief. »Lippmann hat deine Arbeit gesehen. Er findet, daß du sehr wohl an sie heranreichst.« Sie wandte sich wieder ihrer Kunstzeitschrift zu. »Verdammt noch mal, Penny«, brüllte Bennett. »Das ist deine Chance. Was hast du die letzten fünfzehn Jahre gemacht?« »Ich habe malen gelernt«, antwortete sie.

Sie gingen zur Eröffnung. Als Lippmann die Runde machte, um den Gästen die Hände zu schütteln, nannte Penny noch nicht einmal ihren Namen. Bennett war so wütend, daß er sich die Gemälde von Kresky und Ingbretson nicht ansehen konnte. Er saß den ganzen Abend mit einem halben Glas Rosé in einem Sessel.

Vielleicht wäre alles anders gelaufen, wenn er sie nicht gedrängt hätte. Er hatte kein Recht, für sie ehrgeizig zu sein. Er hätte sie nicht drängen sollen.

Nein, sagte er sich, als er anschließend darüber nachdachte, es lag nicht an seinem Ehrgeiz. Es lag an Penny. Sie hatte kein Vertrauen in die Zukunft. Oft sagte sie, sie könne gar nicht glauben, verheiratet zu sein, so als hätte sie sich der Vergangenheit verschrieben, als hätte sie sich damit abgefunden, ihr Leben lang allein zu sein. Sie wollte ihren gräßlichen Job bei dem Kreditbüro nicht aufgeben, obwohl er sie inständig darum bat, es zu tun und sich ganz der Malerei zu widmen. Sein Einkommen reichte für sie beide. Aber sie wollte nicht. Sie glaubte nicht an die Zukunft.

Sie fürchtete, so zu werden wie ihre Mutter, die ein- oder zweimal im Jahr unangemeldet mit dem Bus bei ihnen aufkreuzte und einige Tage blieb. Pennys Mutter hatte nachlässig gefärbte Haare und verstörte, blutunterlaufene Augen, aber man konnte sehen, daß sie einmal schön gewesen war. Sie saß auf der Treppe vor der Haustür, wenn Bennett nach Hause kam. Er sagte ihr, wann Penny zurück sein würde, und brachte sie ins Gästezimmer. Sie war immer erschöpft, wenn sie ankam, sank ohne sich auszuziehen aufs Bett und schlief die ganze Nacht durch. Am anderen Morgen brach Penny in Tränen aus, teils aus Freude, weil sie dem einzigen Menschen nahe war, den sie außer Bennett liebte, teils aus Kummer über den Zerfall ihrer Mutter. Sie schimpfte mit ihr wegen ihrer verwahrlosten Kleidung und weil der Scheck, den Penny ihr geschickt hatte, nicht eingelöst war. Dann umarmten und küßten sie sich, und Penny machte ihr ein Riesenfrühstück und ging mit ihr zum Arzt. Am Abend hatten die beiden dann im Wohnzimmer einen schrecklichen Streit, weil die Mutter trank. Schließlich kam Penny weinend ins Bett. Eine halbe Stunde später hörten sie und Bennett, ohne Licht im Bett liegend, wie die Tür der Hausbar leise geöffnet wurde. Penny bat ihre Mutter, zu ihnen zu ziehen, aber sie sagte immer nein.

Penny trug ständig eine kleine brokatene Geldbörse mit fünfzig Dollar bei sich. Bennett sah sie nie ohne sie. Nachts legte sie die Börse auf das Tischchen neben ihrem Bett. »Wofür ist die?« fragte er sie einmal. »Nur für den Notfall«, antwortete sie, und mehr wollte sie dazu nicht sagen. Als könnte in der Nacht eine Flut kommen und sie weit fortspülen von ihm, von allen, die ihr helfen konnten. Als rechnete sie damit, eines Tages ihre Arbeit zu verlieren, dann nach Hause zu kommen und festzustellen, daß er sie verlassen und nichts für sie zurückgelassen hatte.

Auch im Freien, wo sie sich liebend gern aufhielt, konnte er ihr Gefühl der Hoffnungslosigkeit spüren. Versunken in das Bild, das sich vor ihr ausbreitete, lächelte sie ein wenig, und schon trat wieder dieser traurige, abwesende Ausdruck in ihre Augen. Dieser Ausdruck wurde zu Bennetts Feind. Woran dachte sie? An ihre unglückliche Kindheit, an ihre arme Mutter, an das Scheinleben in den Zeitschriften?

Bennett war gerade mit dem Geschirrspülen fertig geworden, und sie saßen bei dämmrigem Licht im Wohnzimmer. Sie las ihre Kunstzeitschrift im Licht, das aus der Küche fiel. »Ich habe immer noch nicht gelernt, wie man den Ausdruck hinkriegt«, sagte sie seufzend. »Elf Jahre war ich bei Gaunt.« Bennett schwieg. Nachdem er ihr mehrere Jahre widersprochen hatte, wenn sie ihre langsamen Fortschritte im Atelier beklagte, schwieg er jetzt.

»Komm, tanzen wir«, sagte sie. Sie ging an den Schrank und holte eine alte Platte heraus, die sie schon als Kind gehört hatte, und legte die Nadel bei *Someone To Watch Over Me* auf. Ganz langsam begannen sie sich durch das Zimmer zu bewegen, wobei Penny den Kopf von ihm abgewandt und die Augen geschlossen hielt. »Ich werde das Eckige nicht los. Meine Bilder wirken dilettantisch.« Er schwieg. Sie tanzten langsam durch das Zimmer, vorbei an dem Sofa, dem Tisch mit den geschnitzten Kästen, dem

bestickten Ohrensessel. »*There's a somebody I'm longing to see. I hope that he, turns out to be, someone to watch over me.*« Penny sang das Lied leise mit. Sie bewegten sich in trägen Kreisen. Wenn ein Auto die Straße entlangfuhr und seine Scheinwerfer die Vorhänge streiften, wurde es für einen Moment heller im Zimmer. Danach wieder das Halbdunkel, die Schatten aus Kobalt. Bennett hatte das Gefühl, als ob er sich, als ob er sie beide aus einer Ecke des Zimmers beobachtete. Er sagte nichts, er beobachtete einfach, wie sein Leben, durch einen Spiegel in dieses Zimmer und in diesen Augenblick projiziert, vor sich ging. Das Lied war zu Ende, doch sie tanzten weiter. Sie tanzten weiter, als hörten sie die Musik noch, kreisten langsam vorbei an dem Sofa, dem Tisch mit den geschnitzten Kästen, dem bestickten Sessel. Das alles sah er von seinem Platz in der Ecke aus. Sie fuhren fort, sich durchs Zimmer zu bewegen, langsam und wortlos.
Als sie sich an diesem Abend vor dem Schlafengehen auszog, äußerte er sich nicht über ihre Schönheit. Sie hatte immer bestritten, was er über ihre Schönheit sagte. An diesem Abend sagte er nichts.

Er begann, an ihrer Selbstzerstörung mitzuwirken. Er machte sie darauf aufmerksam, daß der und der aus

ihrem Atelier sein Werk in irgendeiner Galerie ausstellte. Sie nickte dazu stumm. Er verwies auf Bücher, von denen er wußte, daß sie sie nicht gelesen hatte. Eines Sonntagsnachmittags, während sie im Bad war, nahm er ihre kleine brokatene Geldbörse und versteckte sie im Gästezimmer unter der Matratze. Als Penny bemerkte, daß sie fort war, geriet sie in Panik und stellte das ganze Haus auf den Kopf. »Mein Gott«, sagte sie immer wieder, während sie Kopfkissen umdrehte, Schubläden aufzog und zuknallte, »mein Gott«. »Was ist los, Pen?« sagte er. »Ich habe sie verloren«, sagte sie angstvoll und suchte weiter. Eine halbe Stunde später legte er die Geldbörse wieder auf den Küchentisch, wo sie sie liegengelassen hatte.
Er war bösartig. Was sie noch an Würde besaß, zerstörte er. Er verachtete sich für die Art, in der er mit ihr umging, stellte aber zu seinem Erstaunen fest, daß er seine Handlungsweise nicht unter Kontrolle hatte. Es war ihm unbegreiflich, daß er keine Kontrolle über sich haben konnte. Wenn er wieder einmal etwas Grausames gesagt hatte, ging er kurz darauf nach draußen und schlug mit der Hand gegen die steinerne Hauswand, in der Hoffnung, daß der Schmerz ihm die Kontrolle wiedergab. Doch am nächsten Tag ging alles wieder von vorne los.

Im letzten Jahr ihrer Ehe blieb er abends oft im College und arbeitete bis in die Nacht. Er führte langwierige und ermüdende Berechnungen durch. Diese Berechnungen bewahrten ihn vor sich selbst. Wenn er nach Hause kam, war sie meistens wach und wartete auf ihn. Sie hatte zum Abendessen mehr gemacht und saß dabei, während er aß. Anschließend gingen sie von Zimmer zu Zimmer und machten die Lichter aus, bis das Haus so dunkel war wie in jener ersten Nacht über der Chesapeake Bay. Dann legten sie sich wortlos schlafen.

Eines Abends, während er in seinem Arbeitszimmer saß, änderte sich etwas an seiner Verfassung. Plötzlich spürte er, daß er wieder die Kontrolle über sich hatte. Er hatte sich unlogisch verhalten. Er hatte ein Problem, ein ganz normales Problem. Es war bloß nicht wohlformuliert gewesen. Das Problem war: Sollte er Penny verlassen oder nicht? Er blickte auf ihre Beziehung zurück, wägte das Pro und Kontra ab, das sich in seinem Geist in das Auf und Ab einer Kurve verwandelte, die auf eine klare Schlußfolgerung hinauslief. Eine Woge der Erleichterung durchlief ihn.

In dieser Nacht war das Haus bei seiner Heimkehr dunkel. Sie war nicht aufgeblieben. Er setzte sich im Wohnzimmer in einen Sessel und fuhr fort, die Kurve in seinem Geist zu analysieren. Er machte eine einzige Lampe an, und die Luft glühte im dämmrigen Licht. Er mußte in diesem schwachen gelben Licht lange gegrübelt haben, als er eine Hand auf seiner Schulter spürte. »Wie spät ist es?« sagte sie. Er blickte auf seine Armbanduhr. »Mitternacht.« Sie starrte ihn seltsam an. »Was ist los, Bennett?« fragte sie. »Nichts«, sagte er. »Du weinst«, sagte sie. Er fuhr sich mit der Hand übers Gesicht und stellte fest, daß es naß war. »Mit mir ist alles in Ordnung«, sagte er. »Laß uns schlafen gehen.«

Am andern Tag sagte er ihr, er wünsche die Trennung. Sie fragte nicht nach dem Grund. Sie stritt nicht mit ihm. Er bestand darauf, daß sie im Haus blieb. Er mietete sich eine kleine Wohnung mehrere Meilen entfernt und zog mitten in der Nacht aus, damit die Nachbarn nichts merkten.

Er schickte ihr wöchentlich Geld, mehr als sie brauchte. Sie begann, ihn im College anzurufen. »Wie geht's dir?« fragte sie. »Danke, gut«, antwortete er. »Wann sehen wir uns?« fragte sie. »Ich weiß es nicht«, sagte er. »Du hast deine blaue Jeansjacke dagelassen«, sagte sie einmal. »Ich brauche sie nicht mehr«, antwortete er.

Bennett erwähnte die Trennung gegenüber niemandem in Leominster. Es war ihm zu peinlich. Gute Be-

kannte hatte er nicht. Er rief seine Mutter an. Sie ließ sich Zeit mit der Antwort, und dann sagte sie: »Wir wußten, daß etwas in dieser Art passieren würde.« Wieder hielt sie inne, als überlegte sie, dann sagte sie: »Dein Vater und ich wären sehr dankbar, wenn du ein paar Tage warten könntest, bevor du es allen in Memphis erzählst. Du tust mir leid, Bennett.«
Er schickte John einen Brief. Er hatte John seit fast zwanzig Jahren nicht gesehen, und er wußte, daß er nicht antworten würde, aber er wollte, daß John es wußte.

Einen Monat nach der Trennung war er eines Abends auf dem Weg zu seiner neuen Wohnung und ging auf die Haustür zu, als sie plötzlich hinter einer Hecke in der Nähe des Eingangs hervorkam. Sie hatte auf ihn gewartet. Sie fing an zu weinen. »Bennett«, sagte sie, »komm doch zurück. Ich tu auch alles, was du willst. Bitte, bitte, komm zurück.« »Ich kann nicht«, sagte er. »Bennett, bitte«, sagte sie. Sie schlang ihm die Arme um den Leib und klammerte sich an ihn, während er die Tür zu öffnen versuchte. »Bitte, Bennett«, sagte sie, »bitte komm zu mir zurück.« »Ich kann nicht«, sagte er wieder. Sie klammerte sich weiter an ihn. Er zog ihre Arme weg, kämpfte mit ihr, zwängte sich durch die Tür und machte sie rasch hinter sich zu. Er bemerkte, daß er schluchzte. Es hämmerte in seinen Schläfen. Er übergab sich. Er kroch ins Badezimmer.

Eine Woche später wurde er mitten in der Nacht vom Klingeln des Telefons geweckt. Es war sie. »Wie geht's dir, Bennett?« sagte sie. »Mensch, Penny, es ist zwei Uhr nachts«, sagte er. »Ich habe zwanzig Schlaftabletten geschluckt«, sagte sie.

Als er zehn Minuten später bei ihr ankam, lag sie im Nachthemd quer über das Bett gestreckt. Dieses Schlafzimmer, dieser Raum, den er mit ihr geteilt hatte, wirkte wie ein Abteil in einem außerirdischen Raumschiff. Ein Teppich, Nachttische, ein Sessel, alles unerkennbar. Als er eintrat, hob sie ein wenig den Kopf. »Hi, Bennett«, sagte sie. Ihr Kopf fiel schwer auf das Bett zurück. Er schnappte sich das leere Röhrchen neben ihr, zog ihr einen Bademantel über und trug sie zu seinem Wagen.

Das örtliche Krankenhaus war fünfzehn Minuten entfernt. Als sie dort ankamen, war sie ohne Bewußtsein. Ihr Gesicht hatte jede Farbe verloren. Bennett hastete in die Ambulanz, Penny auf den Armen. Sie war gewichtlos. Die Schwester, die in der Bereitschaft gesessen hatte, kam herbei, als sie ihn durch die Doppeltür stürzen sah. »Was ist passiert?« sagte sie. Er reichte ihr das leere Röhrchen. Rasch überflog die Schwester die Aufschrift, dann beugte sie sich hinab, um zu sehen, ob Penny noch atmete. Sie legte ihre Finger um Pennys Handgelenk. »Ihr Puls ist schwach«, sagte sie. »Wie viele hat sie genommen?« »Zwanzig, hat sie gesagt«, sagte Bennett. »Mein Gott«, sagte die Schwester. »Wann?« »Ich weiß es nicht«, sagte er, »vielleicht vor einer Stunde.« »Hoffen wir's«, sagte die Schwester. Inzwischen hatten sie Penny in einen Rollstuhl befördert; den Kopf vornübergeneigt, sackte Penny zur Seite, und Speichel tröpfelte ihr aus dem Mund. Die Bereitschaftsschwester schob sie fort und rief unterdessen nach Schwester Burson.

Von nun an geschah alles ganz, ganz langsam, als befände sich die gesamte Notaufnahme tief unter Wasser, auf dem Grund eines Schwimmbeckens. Während die Bereitschaftsschwester mit Penny den Flur hinunterging und nach der anderen Schwester rief, bemerkte Bennett zwei Menschen, die im Wartezimmer saßen. Das eine war eine Frau, die ein Geschirrtuch mit Karomuster um die Hand gewickelt hatte, das andere ein blonder junger Mann in einem langen Ledermantel. Sie waren erstarrt, sie waren Statuen. Bennett sah, daß ein oben an der Wand des Wartezimmers angebrachter Fernseher an war, es lief irgendein Nachtfilm. Das Gespräch zwischen den beiden Wartenden verlief schleppend, und so konnte Bennett lange Passagen des Films verfolgen. Er schaute weg, hinter der Schwester her. Sie rannte in Zeitlupe, ihre Beine waren in der dicken Flüssigkeit des Unterwasserraums wie gefesselt. Er blickte zu Boden und sah den Linoleumfußboden, betrachtete seine Fliesen, die sich, Fliese auf Fliese auf Fliese, von ihm bis zur Schwester erstreckten. Dann bemerkte Bennett, daß auch er rannte, aber in Zeitlupe, hinter seiner Frau herrannte, die ohne Bewußtsein zusammengesackt in einem Rollstuhl saß, rings umgeben vom Weiß der Schwestern. Sein Blick wanderte langsam an seinen Beinen hoch zu den Armen, und er sah zum ersten Mal, daß er Pennys Socken anhatte.

Die Schwestern gingen an dem Saal mit den Reihen von Betten und den Stellwänden vorbei und rollten Penny den Gang hinunter zu einem Privatzimmer. Als Bennett dort ankam, eine unermeßliche Zeit später, lag sie, den Kopf hoch abgestützt, ausgestreckt auf einem Bett. Eine Schwester schob ganz, ganz langsam eine Plastikröhre in Pennys Hals. Dann und wann drückte sie auf einen Ballon, der Luft durch die Röhre schickte, und mit dem Ohr an Pennys Brust lauschte

sie gespannt, dann schob sie die Röhre weiter. »Jetzt ist sie im Magen«, sagte sie am Ende gedehnt. Sie pumpte Wasser in die Röhre. Schließlich gurgelte eine häßliche braune Flüssigkeit mit Stückchen drin aus der Röhre hervor. Sie wurde in einen Topf geleitet. Inzwischen hatte eine der Schwestern einen Tropf an Pennys Arm angebracht. Sie kam zu Bennett herüber, der auf einem Stuhl neben dem Bett saß, und sagte: »Es ist gut, daß Sie sie rechtzeitig hergebracht haben.« Ihre Worte klangen wir das ferne Rascheln von Blättern. Geistesabwesend betrachtete er die feinen Adern direkt unter der Haut auf Pennys Arm. »Jetzt die Kohle«, sagte die Bereitschaftsschwester. Sie wandte sich Bennett zu und sagte: »Kohle absorbiert den Rest, der noch in ihrem Magen ist. Es ist gut, daß Sie sie rechtzeitig hergebracht haben. Es ist gut, daß Sie so besonnen waren.«
Er saß da, als sie einige Stunden später aufwachte. Er hatte auf eine Uhr an der Wand gestarrt, hatte beobachtet, wie der Sekundenzeiger über das Zifferblatt kroch. Durch das Fenster sickerte gerade das erste Licht der Dämmerung herein. Sie schlug ihre Augen auf, sah ihn an und lächelte schwach. »Hi, Bennett«, sagte sie sanft. Sie streckte ihre Hand aus, und er ergriff sie, hielt ihre Hand in seiner Hand. »Wäre es

nicht nett, wenn die Halleys mal rüberkämen«, sagte sie, »jetzt wo du wieder da bist?« Er sagte nichts. Sie schaute ihn lange an, dann drehte sie den Kopf weg und schlief wieder ein.

KATIE KREISCHT AUF, ALS SIE in fünfzig Metern Entfernung einen Seehund erblickt. »Schau mal, Onkel Bennett«, ruft sie und deutet vom Bug aus nach vorn. »Schau. Ich hab seinen Schnurrbart gesehen.« Sie fängt wie wild zu paddeln an, schlägt gegen die Seite des Kanus und bespritzt alles mit Wasser. »Ich möchte ihn streicheln«, sagt sie. Der Seehund streckt seinen Kopf aus dem Wasser, sieht sich um, macht träge einen Purzelbaum und versinkt unter dem dunklen Meeresspiegel. »Er ist weg«, sagt Bennett. »Wir hätten ihn zum Essen einladen sollen.« »Seehunde kommen nicht ins Haus«, sagt das kleine Mädchen.

Sie umrunden eine kleine Insel. In einiger Entfernung pflügt ein Kormoran durchs Wasser, schlägt heftig mit den Flügeln, müht sich hochzukommen. Schließlich gelingt es ihm, und geräuschlos schließt er sich einer Schar an, die über sie hinwegfliegt. Laut kreischend fliegen einige Seemöwen herbei. Ebbe. Felsen, die gewöhnlich überspült sind, schauen während der kurzen Zeit, in der sie Luft bekommen, aus dem Wasser, winzige Inseln, jede mit ihrem eigenen Kopfschmuck aus goldenem Riementang, angewachsenen Muscheln, herbeigeflogenen Möwen. Vom Festland abgesetzt, schwimmen dicht über dem Grund Docks. Einige sind auf den Sand gesetzt, ihre Boote sind gekentert und liegen in ungewöhnlichen Neigungswinkeln da.

Bennett legt sein Paddel hin. Der Tidenstrom hat im Moment aufgehört, das Kanu treibt in stillem Wasser. Er richtet seinen Feldstecher auf die Insel. Er sieht ein einzelnes Haus, graue Holzschindeln, einen gemauerten Schornstein, weiße Säulen auf einer Veranda, Kirchenfenster. Fichten wachsen üppig, drängen bis ans Ufer hinunter, zu den länglichen, angewinkelten Felsen. Er entdeckt oben in einem der Bäume ein großes Nest. Ein Fischadlerweibchen sitzt dort, die Augen auf das Kanu geheftet. »Hier, Katie, schau mal durch«, sagt Bennett. Er reicht seiner Nichte den Feldstecher, tippt ihr auf die Schulter. »Dort drüben«, sagt er und deutet auf das Adlernest. »Ich sehe nichts«, jammert Katie. »Ich sehe nichts«. »Dort«, sagt Bennett, »dort«. »Jetzt sehe ich es«, sagt sie. »Wie viele Adler leben dort?« »Ich weiß es nicht«, sagt Bennett, »aber es ist ein großes Nest.« Er hält auf Armlänge seinen Daumen hoch und taxiert erst das Nest, dann das Haus, indem er ihre Winkelbreite vergleicht. »Es ist größer als das Nest auf Orr's Island« sagt er. »Du erinnerst dich doch an das, das wir gestern auf Orr's Island gesehen haben?« »Gewissss«, sagt seine Nichte und zieht dabei das *s* übertrieben in die Länge.

Hunderte von Hummerbojen glitzern im Wasser. Rote, grüne, blaue, lavendelfarbene. Sie tanzen mit jeder vorbeirauschenden Welle hin und her. Gerade jetzt tuckert ein Boot zu einer Boje in der Nähe des Kanus. Ein Hummernfischer in einem leuchtend orangefarbenen Regenmantel kurbelt das an dem Schwimmer befestigte Tau hoch, holt die Reuse ein. Er nimmt zwei Hummer heraus, mißt sie mit seinem Greifzirkel, behält einen und wirft den anderen über Bord, setzt einen neuen Köder in die Reuse und läßt sie wieder ins Meer hinab. *»Here we are in the big city, turkey toes, WDIX Portland«*, plärrt das Radio auf seinem Steuerpult. Bennett winkt ihm zu. Der Hummernfischer nickt, läßt das Boot mit dem kleinen dreieckigen Segel im Heck elegant wenden und tuckert zu seiner nächsten Reuse.

»Lebst du in Japan?« fragt Katie. »Nein«, sagt Bennett, »ich lebe in Maryland.« »Ich lebe in Maine«, sagt das

Kind. »Jawohl«, sagt Bennett lächelnd. »Warum besuchst du uns nicht mal?« fragt Katie. »Ich werde euch besuchen«, sagt Bennett, »ich verspreche es dir.« »Ich kann schwimmen«, sagt Katie. »Darf ich ins Wasser und es dir zeigen?« »Warte doch, bis wir wieder im Flachen sind«, sagt ihr Onkel. »Ich möchte angeln«, ruft Katie. »Zum Angeln ist es zu spät«, sagt Bennett, »es ist schon nach sechs.« »Du hast es mir versprochen«, quengelt das kleine Mädchen. »Papa hat gesagt, du würdest mich zum Angeln mitnehmen, und du hast es mir versprochen.« »Ja, das stimmt«, sagt Bennett und lächelt. »Oh, prima«, sagt Katie. Sie blickt zurück zu ihrem Onkel und grinst, eine große Lücke zwischen den oberen Schneidezähnen offenbarend. Sie hat von allen Kindern der Welt die blauesten Augen. Sie sind tiefblau wie der Himmel. Himmelblau.

»Dreh nicht an der Kurbel«, sagt Bennett. »Du brauchst bloß die Rute mit beiden Händen zu halten und die Leine im Wasser treiben zu lassen. Ich werde paddeln.« »Wissen die Fische denn, wo sie anbeißen müssen?« fragt Katie. »Das wissen sie«, sagt er. »Können wir die ganze Nacht draußen bleiben?« fragt Katie. »Wir könnten im Kanu schlafen.« »Deine Mutter macht das Abendessen«, sagt Bennett. »Wir müssen zum Abendessen zu Hause sein.«

Die Luft trübt sich ein, wird milchig, undurchsichtig. Allmählich zieht Dunst herauf. Das Festland zeichnet sich verschwommen in der Ferne ab. Zuerst verblassen die Farben, nur bläuliche und graue Töne, nebelhafte Formen bleiben übrig. Dann lösen auch die sich im Weiß auf. Andere Dinge in der Nähe verschmelzen nach und nach mit dem Nebel – die Südspitze der Insel, die Messingglocke auf dem Fahrrinnenpegel, der Archipel der Felsen, die bei Ebbe trockenfallen. Der vor der Ostspitze vertäute Bostoner Walfänger verwandelt sich in weißen Dunst, sein Schandeck wird zu Watte, seine Maschine zu einem seltsamen Schneehügel, der verblaßt und schließlich verschwindet. Die Hummerbojen lösen sich eine nach der anderen auf, die fernen zuerst, dann die näheren, in einem schrumpfenden Kreis. Die Luft wird trüber, opalartig. Die scharfen Umrisse des Fischadlernests werden weicher, werden eins mit den Bäumen, die gleichfalls miteinander verschmelzen und sich auflösen. Und schließlich versinkt die ganze Insel, das letzte Land auf der Erde, in weißem Nichts.

»Was ist passiert? Wo sind wir, Onkel Bennett?« fragt Katie aufgeregt. »Ich weiß es nicht«, sagt Bennett. »Ich glaube, ich angle auch.« Er kramt die Rute hervor. »Wissen die Fische, wo wir sind?« fragt das Kind mit den himmlischen Augen. »Ja«, sagt ihr Onkel, »Fische mögen Nebel.« Die Welt um das Kanu ist auf eine milchige Kugel von mehreren Kanulängen Durchmesser geschrumpft. Die neue Welt ist ein runder Klumpen aus Wasser und Luft.

»Ist Nebel Schnee?« fragt Katie. »Nein«, sagt ihr Onkel. »Im Sommer schneit es nicht. Nebel ist wie Dampf. Es ist eine zu Boden gesunkene Wolke.« Bennett legt seine Angelrute ab und blickt hinaus auf die seltsam geschrumpfte Welt, die kleine milchige Kugel.

Sein Blick reicht bis zum Rand dieser Kugel, stößt auf eine undurchsichtige kalkige Wand. Er stellt sich die kleine Insel mit dem einzelnen Haus vor, dem wilden Himbeergestrüpp, das hochschießt, wo Bäume stürzen, dem schwammigen Moos, das im Schatten wächst. Er hört den leisen Applaus von Pappeln, durch deren Laub der Wind geht, hört das Geplapper von roten Eichhörnchen. Er stellt sich vor, wie die Sonne bei klarer Sicht auf dem Wasser glitzert, wie die flüssige Oberfläche glüht, schimmert, funkelt, zittert. Er stellt sich die großen Boote vor, die auf Thunfischfang hinausfahren, V-förmige Kielwellen hinter sich herziehend, die die Docks am Ufer aneinanderstoßen lassen. Kormorane, die auf den Felsen vor der kleinen Bucht ihre Flügel zum Trocknen gespreizt haben. Den Hafen der Hummernfänger in der Nähe der Ostspitze, das Becken, das von gefangenen Hummern brodelt, die hölzernen Reusen, die wie Coca-Cola-Kästen übereinandergestapelt sind, die Pier, die steile Rampe, die zur Landungsbrücke hinunterführt, die Hummerboote, die an ihrem Liegeplatz vertäut sind. Er stellt sich die kleine Straße vor, die sich vom Hafen den Hügel hinaufschlängelt, vorbei an Prielen, vorbei an einer Reihe von Ferienhäusern, Briefkästen und winzigen Lebensmittelläden, die sich hinaufschlängelt, bis sie auf die Landstraße stößt, die in nördlicher Richtung nach Thurston führt. Er blickt aus der Vogelperspektive hinunter auf die Stadt, sieht ein grünes Rechteck entlang der Hauptstraße mit der Pagode für sommerliche Konzerte, die verstreuten Dächer der Häuser, das grünbraune Band eines Flusses, einen Bahnübergang. Er segelt hoch oben durch die Luft, nach Norden, die Küste entlang zu dem köstlichen Weiß eines Strandes, blickt hinunter zu den Tidebekken, wo Kinder planschen und spielen. Er sieht. Er nimmt seinen letzten Brief von John, viele Jahre alt, und faltet ihn zu einer Schwalbe. Hinaufschauend sieht er das Blau des Himmels, der sich höher und höher erstreckt, dünn wird mit der abnehmenden Dichte der Luft, blaß und schließlich dunkel.

»Hast du schon einen Fisch gefangen?« fragt seine Nichte mit den himmlischen Augen. »Noch nicht«, sagt er, »und du?« »Ich glaube, die Fische wissen nicht, daß wir hier sind«, sagt Katie. »Vielleicht hast du recht«, sagt er und blinzelt ihr zu. »Oh, Onkel Bennett«, sagt Katie, und sie kichert. Ihr Lachen gleitet durch den Nebel, wird von der unsichtbaren Küste zurückgeworfen, kommt zurück als Schwarm hoher Töne, zart und flötenartig.